KB269575

그리운 영신봉

그리운 영신봉

초판 1쇄 발행 2026년 1월 1일

지은이   이학근
펴낸이   이기봉
편집   좋은땅 편집팀
펴낸곳   도서출판 좋은땅
주소   서울특별시 마포구 양화로12길 26 지월드빌딩 (서교동 395-7)
전화   02)374-8616~7
팩스   02)374-8614
이메일   gworldbook@naver.com
홈페이지   www.g-world.co.kr

ISBN   979-11-388-5231-9 (03810)

이 책은 산청군 문화예술기금에서 일부 지원받아 발간되었습니다.

그리운 영신봉

이학근

李學根

좋은땅

서문

이 종주기는 세기말인 1999년 시작하여 2001년 5월에 끝낸 백두대간白頭大幹 한줄기인 낙남정맥落南正脈 종주기縱走期입니다. 25년 전에 종주를 하고 그때 써 둔 종주기를 책으로 폅니다. 산행을 하고 난 다음 산행의 기억과 느낌을 바로 기록하였기에 내 생각과 상황을 충실히 기록한 결과라고 할 수 있습니다.

다만 그때는 이 기록이 책으로 만들어지리라고 전혀 생각을 하지 않았습니다. 산행 기록을 적어 놓고 생각나면 스스로 읽어 볼 참으로 적었으나, 25년이 지난 지금 이 기록들이 혹 나중에는 자료가 될지도 모른다는 생각이 들었습니다. 지역의 생태 그리고 환경은 시간이 지나면 변하고 달라지기 마련입니다. 내가 지나간 길, 경상남도 낙남정맥이 흐르는 산간지역이 그때는 이러하였는데 하는 기록으로 남기도 하고 한편으로 내 감정과 느낌을 산문으로 남겨 이런 정취도 서사敍事도 있었구나 할지도 모르는 일입니다.

글이 개인적 서사敍事에 기울지도 모르지만 나의 수필隨筆이라

그리운 영신봉

생각하니 어쭙잖은 산행기가 될 걸 장담도 해 봅니다. 산을 좋아하는 사람도 산을 탈 시간은 있어도 남의 산행기를 읽기는 어렵지요. 이 책이 발간되는 일이 많은 종이를 낭비하는 우愚를 범할지도 모른다는 생각이 들어 가능한 권수를 줄여 발간하도록 하겠습니다.

시간이 많이 흘러서 강산이 두 번이나 바뀌는 세월이 흘렀습니다. 지금 와서 읽어 보니 그때 그 시절이 한량없이 그립습니다. 어쩜 저리도 열정적으로 또 체력적으로 왕성한 화양연화의 시절을 꽃피운 청춘이었습니다. 이제는 허물어지고 자빠진 일흔의 세월이 덧없음을 새깁니다. 그렇다고 물러나 앉으면 그만 끝나는 설움으로 살 수는 없음을 잘 압니다. 그래서 어제도 천왕봉을 다녀왔습니다. 언제나 똑같은 모습으로 표정 없는 산 지리산은 한결같습니다. 사철의 변화가 한결같고 그 웅장하고 당당함이 남도를 굽어보고 있는 지리산이었습니다. 그 곁에서 나의 여생을 다할 생각입니다. 부디 건강하시고 질곡의 세월에 여여如如하시길 빕니다.

2025년 11월에 선유동천 달아랑 느티나무책방에서

산아山我 이학근 씀

목차

7. 하동군 옥종면 궁항리 양이터에서 지리산 세석 영신봉까지

▶ (2001년 5월 19일 - 2001년 5월 20일)

낙남정맥 개념도

낙남정맥이란: 백두대간에서 가지를 뻗은 남한 아홉 정맥 중 가장 남쪽에 위치한 산줄기로 지리산 세석평전이 있는 영신봉에서 시작하여 저 낙동강 하구인 김해 동신어산으로 해서 물금 취수장 낙동강으로 빠지는 산줄기입니다.

1.
낙동강 건너서 창원으로
(깜깜한 밤 창원 대암산을 얼고 젖은 채 넘다)

(1999년 12월 12일 – 2000년 1월 8일, 1월 19일)

- 1999. 12. 12. 김해 동신어산에서 김해 가야골프장까지

- 2000. 01. 08. 김해시 영운리 고개에서 김해시 한림면 신천리 망천고개까지

- 2000. 01. 19. 김해시 한림면 신천리 망천고개에서 창원공단 대암산까지

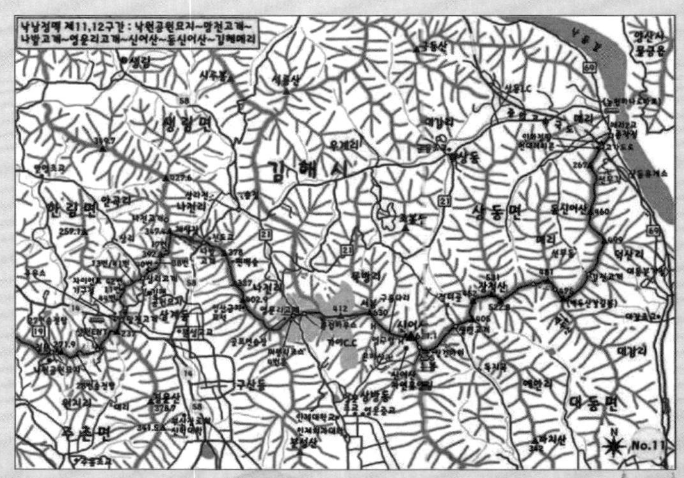

김해 매리천 – 김해 낙원공원묘지

김해 동신어산에서 김해 가야골프장까지

물금 오봉산에서 바라다본 낙남정맥의 생성은 다음과 같았다. 태백산 영봉에서 흘러내린 물이 낙동강을 타고 남으로 칠백리를 흘러 삼랑진 포구까지 내려오다 바로 빠지질 못하고 남해안쪽 산맥에 부딪친다. 강물은 김해 무척산에 막혀 남하하지 못하고 큰 호수를 이루었다. 호수에 갇힌 물은 좌우로 흔들다 낮은 재를 넘었고, 재를 넘은 물은 아래로 흘러 강을 만들었다. 남으로 한림정, 진영, 수산의 넓은 평야를 만들었고, 물은 동으로 빠져 삼랑진 용당 나루터를 만들고 김해평야를 이루었고, 강 하구 을숙도 지나 다대포에서 바다로 빠졌다. 산이 먼저 만들어지고 산골짜기에서 물이 흘러 내려, 갈 곳이 막히면 호수를 이루고 호수는 넘쳐 재를 넘었고 물길은 강이 되었다. 낙동강이 되었다.

그 과정이 정말 예사롭지 않아 김해 무척산으로 낙남정맥의 산들을 흔들고 밀고 때려 보다 뚫지 못했고, 마침내 강물은 오봉산과 동신어산 사이로 밀고 넘어서 큰 물길을 만들어내었으니 이곳이 바로 물금나루터, 지금 물금취수장이 있는 곳이다. 그러니 물금역 근처인 양산군 물금면 오봉산과 낙동강 건너 김해시 상동면 고암리 동신어산은 이 물길이 있기 전에는 산세가 이어져 있었다고 봄이 타당할 것이다. 낙동강과 낙남정맥은 즉 산과 물은 그 세력을 겨루다 결국 물이 산을 넘었으니 "물은 산을 넘어나 산은 물을 건너지 못한다."는 말이 생겼을 것이다. 나가 지난번에 영남 알프스를 타고 남하하다가 이곳 오봉산까지 와서 산행을 마무리하려고 했는데, 이 지형을 보고 낙동강이 생기기 전에는 강줄기 위로 산의 맥이 연이어져 있었을 터인데 이제 와서 보니 이를 알고도 낙남정맥을 아니 탈 수가 없는 까닭이 여기에 있다. 혹 영남 알프스의 남쪽자락인 원동 토곡산에서 물금 오봉산 산행에 관심이 있으시면 나의 책《투구꽃 피는 산길》'원동에서 물금까지'라는 산행기를 보기 바란다.

지난번에 하루 종일 토곡산에서 시작하여 오봉산까지 타고 물금역까지 왔으니 오늘은 물금역에서 시작해야 한다. 일요일(99.12.12.) 아침 7시 50분 창원발 부산행 통일호에 몸을 실었다. 창원역까지 가는 시내 직행버스는 열차시간에 아슬아슬하게 맞추어 도착하여 역에 들어서니 동행할 정군은 기다리다 눈도 튀어나오고 입도 삐쭉이 나와 있었다. 그러나 기차가 도착하려면 2, 3분은 남았기에 자판기 커피를 뽑아 마시고 홈에 들어서니 열차는 아주 느리게 승강장으로 들어왔다. 마산서 창원역까지는 불가 4km도 안 되니 열차가 어찌 속도를 낼 수가 있겠느냐. 일요일 아침열차는 실내가 텅 비어 있었다.

이 얼마나 상쾌한 여행이더냐. 아침 공기는 싸늘하고 하늘은 수정 같은 겨울날, 마음 맞는 벗이랑 완행열차를 타고 미지의 세계로 산행을 떠나는 심정을 이해할 수만 있다면 그 또한 행복한 사람 중에 한 사람이 틀림없다. 오늘 산행할 산길은 안내할 지도도 방법도 없다. 다만 지난번 오봉산 정상에서 내려다보니 낙동강 푸른 강물이 너무나 평화롭고 온화하여, 흐른다는 표현을 할 수가 없고 호수처럼 잔잔히 고여 있었고, 산아래 직벽直壁으로 협곡을 이룬 낙동강 물금나룻터와 그 강 사이를 한줄기 선으로 잇는 외다리인 부설 철교鐵橋를 보았기에 우린 그 다리를 목표로 가고 있었다.

오전 9시경에 물금역에 도착하니 바람이 일고 있었다. 역 앞 가게에서 라면과 소주 한 병을 사면서 낙동강을 건널 다리의 위치를 묻자 가게 주인은 여기엔 다리가 없고 구포까지 내려가든지 삼량진까지 올라가든지 둘 중 하나의 방법밖엔 없다고 했다. 나룻배가 없냐는 질문에 나룻배 사라진지는 아주 오래 되었다는데, 우린 그만 주저앉을 것인가? 산 위에서 바라본 다리를 묻자 그 다리는 지금은 통행이 금지되어 누구도 그 다리를 건너가는 사람은 없다고 했다.

아, 이제 되었구나. 건너고 못 건너고는 그 사람들의 경험한 일이지, 내가 건너고 못 건너고는 지금부터 시도 할 일이다. 다만 다리만 있으면 되지 않느냐. 얼마나 가면 되냐고 되묻자 한 10여 분 걸으면 된다고 하니 가 보자. 강변을 따라 밭둑길을 걸었다. 강바람이 드세어 양 볼이 매섭도록 차가웠다. 오버트라우즈의 모자를 쓰고 저만치 외줄로 강물 위에 서 있는 다리를 보고 바람을 맞서서 걸었다. 그런데 진작 그곳에 가니 다리는 안 보이고 공장 건물 같은 담장이 강변을 막고 있어 다리 쪽으로 갈 수가 없었다. 강의 상하 어느 쪽도 다리로 연결되는 길은 없었다. 담에는 높다란 망루가 있고 경비가 보이기에 뒷문을 통과하여 찾아 들어갔다. 그 건물 안쪽으로 다리가 보였다. 다리 위에 철조망으로 입구를 막았으며 다리는 녹슬어 사람이 걸으면 당장이라도 바스러질 듯하였다. 다리 난간 아래로 수도용 철제배관이 매달려 지나가고 있었다. 걷다가 무너지더라도 보내만 준다면 가 보리다. 이 겨울에 저 푸른 강을 헤엄쳐갈 수는 없지 않는가. 경비 초소로 올라가서 사정 이야기를 했다. 이야기의 줄거리는 대강 이러하다. 강 건너편으로 가야 하는데 방법을 알려 주시오! 경비 아저씨도 이 질문에 해 줄 수 있는 대답이 너무나 묘연하여 그도 한참을 말없이 듣다가 하는 말이 여기는 보안구역이니 민간인이 그냥 들어오면 안 된다고 했다.

"여기가 어딘가요?"

"낙동강 물 관리 공단 물금취수장이라오."

그러니 부산 김해지역 수돗물 공급처란 말이군.

"나룻배가 없나요?"

대답은 없고 여길 나가야 하니 정문으로 가면 반장님이 계시니 상의하라고 귀띔을 준다.

"아이고, 고맙습니다. 그 반장님 성씨가 무엇인데요?"

"수고하십시오."

인사를 마치기가 바쁘게 왔던 길을 돌아 정문으로 가니 반장이 있었다. 가면서 정군에게 다짐을 받았다. 반장과 상담 중 내가 가자고 하기 전에 절대로 먼저 가자고 하지 말 것이며, 그냥 가만히 기다리고 있으면 된다고 말다짐을 받았다. 만약 내려가서 구포다리를 건너 다시 올라오려면 오전 한때는 다 지나도 소용이 없을 터이니 여기서 끝장을 보는 시간이 아무리 걸려도 그보다는 빠를 것이며, 또 우리가 산맥을 타고 왔는데 여기서 끊어진 산맥의 강물 위를 타지 않으면 지나갈 낙남정맥의 길이 무의미하니 헤엄을 치든 나룻배를 타든 저 다리를 건너든 결판을 내야 할 것이다. 정군이 조급하여 중간에 일을 그르치면 안 되니 다짐을 받은 것이다. 그리곤 아주 천천히 반장님께 내 소개와 그 동안의 우리 산행의 설명과 우리가 앞으로 가야 할 산줄기 설명과 무엇보다도 중요한 것은 이 강물이 내가 가야 할 저 산맥을 끊었다는 설명을 듣든

말든 하고, 또 설명하였다. 이 강물 때문에 내가 가고자 하는 저 산맥을 못 탄다는 것이다. 나는 가야 하고 강물이 길을 끊어 내 뜻이 깨어지게 되었다. 겨울만 아니면 헤엄쳐서라도 갈 터인데.

나는 여기 초행이라 잘 모르니 여기 게시는 분들은 건널 수 있는 길이 있을 것이니 좀 가르쳐 주시오? 앉지도 않고 문밖에 서서, 그냥 한 말 또 하고, 한 말 또 꺼내고 한 30분을 하니 정군은 얼굴을 찡그리고 조급하여 발을 굴리고 있었다. 나는 시종 웃으면서 어제는 저 오봉산에서 자고 오늘은 김해 신어산까지 갈 것이니 우리의 앞길을 막아 보았자 서로가 피곤하지 않겠느냐? 우린 건너가야 하고 우린 방법을 모르니 우리는 어찌하면 될 것인가?

드디어 반장님은 아무 대답도 없이 전화통으로 무어라고 지시를 했다. 전화가 안쪽에 있어 난 무어라고 말했는지 알 수는 없었으나 내 짐작으로 방법이 제시된 것을 직감했다.

"왔던 길로 올라가면 나루터가 있으니 그리로 가시오."

"대단히 고맙습니다. 반장님."

혹 마음이 그 사이에 변할까 뒤도 안 돌아보고 걸음아 날 살려라하고 떠났다.

취수장 담 길을 걸어가며 둘은 얼마나 붙들고 웃었던지. 지금 생각해도 가슴이 벅차다. 나루터에 도착하니 승용차 한 대가 미끄러지듯이 왔다. 젊은이 세 사람이 내렸다. 그들은 모터보트 한 대를 물위에 띄웠고, 시동을 걸더니 뱃머리를 부둣가 선착장에 알맞게 붙이었다. 마치 제임스 본드가 나오는 007 영화의 한 장면 같았다. 그리고 선장이 우리를 태우고 헛살 빤짝이고 강심江心 푸른 물금나루를 가르며 배는 순식간에 건너갔다. 신어산이 가까워지고 오봉산이 멀어지면서 물금은 사라지고 김해가 나타나면서 취수장 물통을 매단 물금 외다리를 비껴 지나쳐서 사뿐히 강을 건넜다. 배는 모래알이 사금처럼 반짝이는 모래톱에 밀리듯 닿았다. 내리면서 그 반장의 이름과 이곳 주소를 물어보았다. 그리고 강 건너 취수장을 바라보며 손을 흔들어 주고 머리 숙여 인사를 했다. 아까 헤어질 때 못한 인사를 그 반장이 바라보거나 말거나 정중히 고개 숙여 인사를 하고 맑은 하늘 아래 아침나절이 햇살에 반짝이는 행복하고 즐거운 낙남정맥 산행을 시작하였다.

모래밭길 사이로 얕은 개울이 흐르고 부러져 넘어진 철조망을 지나니 마을이 나오고 도로가 나오고 다리가 나왔다. 경남 김해시 상동면 고암리 매리2교 지점 삼거리다. 다리에서 20m 남쪽으로 나와 서쪽 골짜기로 접어든다. 이곳은 골짜기를 공단으로 조성한 상동면 고암리 공장지대이다. 골짜기가 길 것 같아 올라가는 승합차를 세우니 해장술이 취한 50대 중년이 운전하는 차를 탔다. 술이 거나해져 아주 기분 좋은 모양이다. 스스로 술이 취해 운전하는 것이니 단단히 붙들고 있으라고 주의를 주더니 혹 시간이 나면 공장으로 가서 한잔하지 않겠냐고 했다. 한 10여 분 말상대를 해 주다 내렸다. 왼쪽은 하천이고 산은 골짜기 좌우로 앉아 있으나 우린 오르기 쉬운 오른쪽 산으로 길을 찾아 올랐다. 지도 한 장 안내문 한 장 없이 보고 듣고, 지도는 머리로 그리며 동신어산을 상상하며 또 가면 신어산을 만날 것을 그리며 참나무 숲이 우거져 낙엽에 미끄러운 길도 없는 비탈길을 오르고 있었다. 오르다 보니 여기저기 춘란이 파랗게 그 긴 잎을 드러내고 있었다. 정군이 이를 알고 소리를 하기에 살펴보니 그 수가 하도 많아 마음먹고 채취한다면 한 자루는 캘 것이나 몇 포기 캐다 갈 길이 멀어 일어섰다.

능선이 오르니 희미하나마 길은 있으나 참나무 잎으로 포장된 길을 쓸며 걸어야 할 지경이다. 산을 넘으니 북동으로 김해로 연결하는 도로인지 밀양으로 연결하는 도로인지는 모르나 신작로가 보이고 여기저기 공장들이 있었다. 사각사각 낙엽을 밟으며 걷다 그만 길에 크게 누우니 정 군은 낙엽을 모아 내 몸 위로 덮어 동그랗게 낙엽 무덤을 만들어 주었다. 낙엽 속은 따스했다. 그리고 가볍고 아늑하였다. 그대로 잠이 들고도 싶었다. 아, 좋은 무덤 자리란 이를 두고 하는 말이리라. 어찌 죽은 자가 알 수가 있겠냐마는 산 자는 좋고 나쁘고를 알지. 또 다시 우린 능선을 따라 부지런히 걸었다. 정말 우린 잘도 걷는다. 어디 산길 걷는 대회라도 있다면 출전해도 되리라. 어디가 동신어산인지 어디가 신어산인지 생전 처음 온 땅에서 동서남북 방향을 알려 주는 나침반 하나로 창원까지 갈 작정이다. 물론 오늘은 김해까지만 가고 다음에 연결하여 낙남정맥 길인 창원 용지봉으로 해서 우리는 창원 땅으로 입성하면 이번 목표는 달성한 셈인 될 것이다.

저만치 남서로 제법 높은 산이 있기에 그냥 봉우리를 보고 나아갔다. 그러다 고개를 만났다. 다음에 알고 보니 생명고개라고 했다. 김해서 밀양 가는 국도인가? 임도가 낮은 재를 넘으니 고갯길이 되었다. 길을 횡단하여 과수원 사이로 낙남정맥 리본을 찾아 오르다 탕건바위 대문바위에서 남쪽을 바라보고 점심식사를 했다. 바위 위 적당한 곳에서 라면을 끓이고 찬밥을 꺼내 국물에 말아 배를 채웠다. 오후 2시에 신어산 정상에 올랐다. 산불 감시초소엔 감시원이 무전기로 상황보고를 하고 있었다. 겨울바람이 하도 거칠어 신어산 정상을 뒤로 하고 서봉으로 갔다. 서봉까지는 아주 길이 넓어 편안히 걸었다. 그러다 정맥은 급경사를 타고 김해 가야 골프장으로 이어져 있었다. 오늘의 종착지는 저 골프장으로 하산하면 된다. 내려가니 3시 반이고 김해 가니 4시였다.

김해시 영운리 고개에서
김해시 한림면 신천리 망천고개까지

달이 바뀌고 해가 바뀌고 세기가 바뀌고 천년이 바뀌어 새 천년 2000년 새해가 밝았다. 천왕봉 일출에 여기저기 다니느라고 잠깐 남게 두었던 낙남정맥 김해 창원코스를 밟기로 작정한 날이 2000. 01. 08.(토) 오후였다. 오전 근무 마치고 바로 온다는 정군은 30분이나 늦게 약속 장소에 나타났다. 그래도 오니 반가웠다. 창원 김해 간 버스로 김해 도착하니 2시 반이었고 가야골프장까지 택시로 갔다. 영운리 고개에서 산행을 시작한 시간이 좀 늦은 오후 3시였다. 그러나 오늘 걸어 두어야 내일은 남은 창원까지 거리를 마칠 수 있다는 내 판단 때문에 오후이지만 나섰다. 여기서 창원까지는 30km는 족히 되는 거리니 아무래도 내일 당일로 마치기엔 무리였다. 고개 지나 왼쪽으로 낮은 인도가 나오고 따라 오르면 기도원이 있었다. 뒤로 오르면 바로 정맥의 능선이 이어지고 리본들이 한들한들 반겼다. 아주 낮은 야산들이 줄지어 서 있고 다만 멀리 무척산과 신어산만 큰 산으로 바라다보였다. 남녘으로 부연 겨울의 연무가 서리어 불모산의 흔적만 어설프게 보이나 리본이 없고 길이 사라진다면 길 찾기 어려울 것이다. 산 위 작은 고원이 나오고 묵은 논밭이 있었다. 낮으나 깊은 곳이었다. 스러져 가는 움막이 한 채 빈집으로 있고 예전에는 그래도 여기서 채소나 약초는 재배하여 살았던 곳이리다. 새삼 여기에 와서 사는 이가 없으니, 저 아래 세상이 그렇게 좋은지 알 수가 없구나.

사방으로 산이 아니라 마을이고 공장이고 돌 깨는 엔진 소리가 요란하다. 산을 올라서니 벌써 부연 돌가루가 앞을 막고 석재 냄새가 불어왔다. 김해 밀양간 1017번 지방도 지나는 나밭고개를 지나니 석산 채석공장이 정맥을 무너뜨려 산이 하나 사라지고 있었다. 우로 돌면 길은 있을 것이나 저 날리는 돌가루를 마시며 가야 하니 길이 없더라도 돌가루 안 날리는 좌로 황폐화된 돌밭을 사막처럼 걸었다. 마치 영화 보면 나오는 간첩의 도주 장면처럼 주위는 전쟁으로 온 산이 폭발해 버린 장면이 연상되었다. 예비군 훈련 교장이 나오고 산정에는 남녘이라 가끔씩 춘란도 보였다. 짧은 해가 어느덧 사라지려고 하니 빠른 걸음으로 국도로 내려서야 하는데 길은 자꾸만 갈라져 결국 잘못 들고 말았다. 이대로 가다가 국도도 못 만나고 빠지니 그냥 마을이 보이니 내려섰다. 망천 마을의 빈들을 가로질러 14번 국도에 올라서니 5시가 조금 지났다. 차들이 토요일 저녁이라서 꼬리를 물고 지나갔다. 아무래도 창원 시내로 갈려면 다시 김해서 창원 가는 편이 빠를 것 같아 김해까지 시내버스로 돌아갔다. 김해 창원 간 직행 버스로 창원 오니 7시였다.

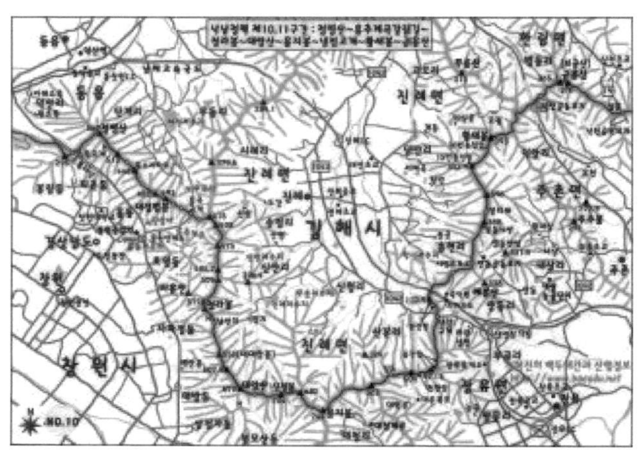

김해 영운리 고개 – 창원 대암산

김해시 한림면 신천리 망천고개에서 창원공단 대암산까지

다음 날인 2000년 1월 19일(일) 아침 7시에 창원역 39사단 정문 앞에서 진영을 지나 어제 걸어온 김해 망천 마을까지 부산행 완행버스를 탔다. 망천 고개에서 7시 40분에 산행을 시작했다. 길은 도로가 끊었으니 길이 없어 과수원으로 바뀐 정맥을 타고 올랐다. 감나무 밭이 나왔다. 까치밥으로 남긴 홍시가 간밤에 얼어 달콤했다. 여기의 특산물이 단감이니 모두 단감 밭이구나. 자원재생공장을 지나 밤나무 밭길을 올라 평이하게 가니 낙원공동묘지가 나왔다. 묘지를 돌아서 산을 넘어서니 덕암공동묘지가 또 나왔다. 산이 온통 묘지로 다 망가졌다. 자연을 보호한다는 명분으로 만든 공동묘지가 자연을 완전히 황폐시켰다. 내가 보기엔 개인묘지도 산을 차지한다지만 분산되어 있고 산의 높은 곳에 자리하여 오래되면 묘지 위로 나무도 자라고 묻혀 사라지니 오히려 빠른 자연의 회복은 적당히 분산된 묘지가 저렇게 한번에 산 전체를 망치는 것보다 나을 것이다. 잔뜩 찌푸린 날씨는 마침내 진눈깨비를 뿌린다. 희끗희끗 날리는 눈발을 맞으며 을씨년스런 묘지의 잔영殘影을 완전히 뿌리칠 수 있는 산속으로 접어들었다. 소나무 숲이 야트막히 펼쳐진 조용하고 고요한 평지에 우리 일행은 앉았다. 그날에 우리는 3인이었다. 정군과 가끔씩 동행하는 문 모 씨를 청했던 것이다. 간단히 간식을 먹고 반듯하고 좌우가 잘 조성된 숲길을 걸었다. 산은 낮아 전방이 보이질 않고 길은 묻혀 그냥 남으로 걸었다. 그러다 길이 사라지고 크고 넓은 굴참나무 숲으로 내려가는 길이 계속되었다. 나침판으로 방향만 잡고 눈발 그친 숲 속에서 가시나무, 싸리나무, 진달래 엉킨 길 없는 하산을 계속했다. 건너 높아 보이는 산이 있어 우린 그 산을 잡으러 내려갔다. 작은 개울에 시냇물이 졸졸졸 흐르고 갯버들은 벌써 눈망울을 크게 부풀리고 있었다.

아! 이 골짜기는 봄이 왔구나. 누가 무어라도 여긴 봄 냄새가 나고 있었다. 건너 산을 향해 쉼 없이 올랐다. 길이 없었다. 온통 마른나무가 엉키고 낙엽이 쌓여 미끄러지고 산허리에 올라 더 나아갈 수가 없었다. 이런 상황은 좀 채 없는 경우였다. 나는 중간에 서서 그냥 주저앉았다. 뒤따라오던 문 씨도 서고 말았다. 앞서서 길을 찾아 헤치고 가던 정군도 힘이 부치어 쉬고 우린 그냥 어디로 가야 하는지 정말 몰랐다. 지도 한 장 없고 가 보지 않았던 산 속에서 마음속으로 그려진 방향만으로 가다 길을 놓치고 말았다. 오르던 이 산 위만 가면 그래도 앞이 바라보이니 그리고 멀리 불모산이라도 나오면 짐작을 할 터인데 이곳에선 그냥 작은 야산속에 파묻히니 그리고 싸리나무인지 키 작은 잡목 속에 앉으니 이제 일어서기도 힘들었다. 먼저 올라가 보겠다는 정군을 불러 저 아래 보이는 마을로 가자고 했다. 그리고 숨도 좀 돌리고 아직 오전이니 재정비를 해서 출발하자고 했다. 그래서 오던 길을 되돌아 내려왔다. 그 산을 다시 내려와 개울을 타고 재를 넘어서 마을로 접어들었다. 푹 파묻힌 아주 잘생긴 곳에 자리한 마을이었다. 여길 오려면 어디서 올라오는지도 전혀 감이 잡히지 않는 골짜기 마을이었다. 마을 아래 동구 밖에서 마을로 들어갔다. 노부부가 사는 집으로 가 마을이름과 이곳의 위치를 물었다. 황새봉도 물었

 그리운 영신봉

다. 그러나 그들도 이 마을 본토박이가 아니고 이곳으로 이주한 사람들이었다. 겨우 겨우 장유, 진례, 진영, 김해의 방향을 물어 그들이 가라는 반대로 올라갔다. 그들이 사는 고모마을 뒷산이 황새봉이었으나 그들은 산 이름을 몰랐다.

　우리는 남진하다 좌로 산길을 잡았어야 했는데 우측에 불모산이 있으니 우측으로 전진했으니 장유로 바로 갈 뻔했던 것이었다. 낙남정맥은 진례의 냉정 인터체인지 삼거리로 가야 하니 오히려 진영 덕산 쪽으로 가야 맞는 것이다. 힘들게 황새봉으로 올라 끓여온 커피 한 잔을 마시고 산불이 나서 고사목이 즐비한 억새밭 평지를 지나 내려갔다. 시계는 벌써 1시를 넘었고 다시 눈발은 날리었다. 하늘은 찌부둥하게 흐리고 우린 점심을 먹었다. 라면을 끓이고 김치를 넣고 찬밥을 넣어 김치국밥을 만들었다. 그 뜨거움과 매움에 이마에 땀이 송골송골 맺혔다. 배불리 한 그릇씩 비우고 소주 한잔 마시고 오후 길을 재촉하였다. 길을 찾으라 2시간은 소비했을 것이다. 고속도로를 찾아가는 길은 산길이 능선으로 잘 보여 노래도 부르고 신바람도 잡으며 정신없이 내려가다 보니 고속도로는 왼쪽 어디로 사라지고 이곳으로 가면 진영벌

판이 나올 것 같았다. 이러다 점점 먼 곳으로 떠나니 더 가면 안된다. 노래 부르며 내려오던 길을 망설임 없이 돌아서서 올랐다. 남쪽의 능선으로 다시 내려가야 용지봉으로 갈 수가 있었다.

드디어 산허리를 절개하여 고속도로를 만든 계곡 위에서 도로와 차들을 내려다보았다. 산 쪽으로 100여 미터 가니 고속도로를 통과하는 인도가 나왔다. 건너서 1042번 지방도에 도착하니 눈은 함박눈으로 내렸다. 바람은 불어 눈발이 드세어지고 가야 할 용지봉과 대암산 산맥은 창원을 막고 누워 있었다. 시계는 어느새 3시를 지났다. 동행한 문 씨는 여기서 창원으로 귀향하고자 했다. 정군과 나는 목표가 있었다. 오늘 이 능선으로 산을 넘어 창원까지 입성해야 임무완수를 하는 것이다. 5시면 어두워질 것이니 용지봉까지 가야 길을 알 수가 있는데 2시간 만에 용지봉까지 올라야 한다. 전투경찰부대의 철조망 왼쪽을 따라 올랐다. 나무 계단을 밟고 오르는 길이 여간 가파르지 않았다. 안부에 올라 과일 한쪽 먹고 리본을 잡고 오른다. 눈은 비가 되어 왔다 갔다 했다. 몸도 옷도 다 젖었다. 오를수록 진영들과 장유들 그리고 김해들이 보이고 우리가 걸어온 산들이 조망되어 왔다. 산 능선으로 방화로가 나고 리본은 잘려 나가 없었다. 그러나 능선 길은 빤하니 멀리 보이는 용지봉의 산 능선을 헉헉거리며 올랐다. 시간이 얼마 없으니 부지런히 걸어야했다. 정군이 뒤에서 신발이 발뒤꿈치를 상처를 냈다며 새 신 신고 온 후회를 한다. 여간해서 불평하는 성격이 아닌데 거리도 멀고, 길도 헤매고, 날도 저물어 속도를 내야 하니 짜증이 나나 보다. 그러나 사정없이 내 특유의 마지막 스퍼트를 하면서 앞서서 끌었다. 해는 이미 없어졌고 이곳은 초행이니 길도 모르고 또 어두워서 오르면 길이 얼어 미끄러지기라도 하면 여간 낭패가 아니니 조금이라고 어둡기 전에 올라야 하니 사정없이 치고 올랐다. 그러길 한 시간여 더 오르니 드디어 용지봉의 억새가 찬 바람 눈보라 맞으며 하늘하늘거리며, 어두워져 산 아래 창원시의 불빛이 아롱아롱거리는 창원의 진산 용지봉에 올랐다. 우리 둘은 서로를 부둥켜안았다. 예정대로 하오 5시였다. 멀리 산해원山海原 종주 능선이 화폭처럼 펼쳐져 있었다. 봉림산, 대암산, 불모산, 장복산, 그리고 무학산, 천주산이 아스라이 보였다.

아! 나의 고장 창원, 우리의 목적지 창원, 그리고 우리는 그 밤에 산의 능선만 희미하게 보이는 칠흑같이 어두운 가랑비 나리는 밤에 대암산 억새밭을 지나, 내린 눈이 얼음이 되어 미끄러운 대암산 A코스를 허우적허우적 거리며 내려왔다. 온몸과 옷이 다 젖은 채 밤이 깊어 가는 줄도 모르고 내려왔다. 그래도 그 길은 많이 다닌 길이라 어려움은 없었다. 다만 추위와 기진맥진한 몸을 이끌고 왔다는 성취감밖에 무엇이 있을까? 그래도 그냥 헤어질 수는 없지. 삼겹살에 소주를 마시고 싶었다. 식당에 들러 양해를 구하고 젖고 흙으로 진탕이 된 채 맥주에 소주잔 띄워 타이타닉으로 돌려서 마셨다. 얼었던 몸이 서서히 풀리고 얼굴엔 화기가 오르니 살아 있는 기분이 들었다.

저 낙동강 물금나루터에서 시작한 낙남정맥 줄기, 창원까지 거리가 얼마일까? 한 50km쯤일까? 거리가 무슨 의미가 있나? 어떤 상황으로 어떻게 달성했느냐가 중요한 것이지 그렇다, 우리 인생도 결과가 중요한 것처럼 보이지만 결과보다도 더욱 값진 것은 과정이다. 그 과정에 얼마나 열심히, 충실히, 보람 있게 살았는지가 더욱 값있는 것이다. 여기까지 비록 낙남정맥의 한 구간이지만 내가 사는 고장이고 나의 주변 산하이니 내 발로 내 눈으로 살펴

둔 것에 만족을 느꼈다.

2000. 02. 15.

2.
마산 무학산에서 함안군 여항산까지
(진달래 핀 산길을 헤맨 야간 산행)

(2000년 4월 1일 – 2000년 4월 2일)

- 2000. 04. 01. 마산 무학산에서 진전면 여항리 둔덕마을까지

- 2000. 04. 02. 진달래 꽃산행(오곡재_발산재)

마산 무학산 – 진북면 서북산

마산 무학산에서
진전면 여항리 둔덕마을까지

아침 햇살이 포근한 봄날이었다. 2000년 4월 1일 만우절이다. 어린 시절에 이 만우절이 기다려지곤 했으나 지금은 아무런 일도 의미도 없으니 지난 세월과 먹은 나이는 어쩔 수가 없구나. 그러나 바람은 서늘함이 묻어나 어쩜 산행하기에 그야말로 안성맞춤인 그런 날씨였다. 이번 산행은 낙남정맥 종주의 커다란 부분인 마산 무학산에서 함안 여항산까지 두 산의 도상거리는 20km이다.

오늘 산행코스와 목표는 마산 서원골에서 무학산 정상, 대곡산, 대산, 광려산, 봉화산, 서북산, 여항산, 미산재를 지나 오곡재까지 거리는 줄잡아 30km는 족한 길이다. 다산시 산복도로 건너 무학산 서원골(성호골)들머리에서 산행을 시작한다. 서원골 개천의 물소리가 요란해지는 봄이면, 산자락 아래 오리나무 잎이 피기 시작하는 봄이면 우리들은 이 개천에서 온몸을 물에 담그고 어린 시절을 보낸 곳이다. 진달래가 온 산에 붉어지면 한바탕 전쟁놀이에 지쳐 진달래 한 움큼을 먹고는 한 아름 가슴에 안고 집으로 돌아오던 내 어린 추억이 있는 곳이다.

팔각정까지 오르는 길에는 새벽등산을 마치고 내려오는 사람들, 건강한 얼굴들이 지나가고 그 옛날 저수지가 있었던 자리는 별장처럼 유원지가 되어 자취도 없어진 서원골 길로 20여 분만에 팔각정에 도착했다. 하늘은 마치 가을 하늘처럼 맑고 푸르기만 했다. 그만큼 산들이 가까이 보였다. 무학산 중턱에 망 바위에 앉아 내 선친에게서 배운 마산의 노래가 귀가에 맴도니 아! 새삼 선친에 대한 정이 사무치는 아침이었다.

무학산 말 바위에 전설이 놀고
서원골 실개천에 가재를 잡던

내 고향 마산항아 몇 해 만이냐

물장난하던 시절 물장난하던 시절

그리워져라

말 바위의 전설이란 대강 다음과 같다. 장군이 살았다는 장군동이 지금도 있고 그 장군이 키운 말에 대한 전설이다. 어느 날 명마를 가진 장군은 이 명마를 시험하고자 여기 무학산 말 바위에 올랐다. 그리고 합포만(마산항)에 떠있는 돝섬을 바라보며 명마의 능력을 시험하였다. 장군의 말과 화살의 시합이었다. 화살과 말의 빠르기를 시험하였던 것이다. 돝섬에서 기다리던 장군은 한참을 기다린 후에 말이 도착하였다. 그러나 화살을 찾아도 보이지 않았지만 아무래도 말이 너무 늦게 도착하였다고 생각한 장군은 칼로 명마의 목을 잘랐다. 말이 쓰러지자 그때서야 화살이 날아와 말의 몸에 꽂혔다. 아! 이럴 어찌한단 말인가? 장군은 화살보다 더 빨리 달려온 말을 화살보다 늦게 왔다고 말의 목을 치고 말았으니, 크게 후회를 하고 말을 고이 묻어 주었다는 말의 전설이 서린 곳이 말 바위이다. 그 말 바위 아래는 지금도 장군 묘가 있다. 팔각정에서 정상아래 논 서마지기 정도의 평지가 있는 서마지기를 지나 정상까지는 2km이고 소요시간은 한 시간이면 된다. 그리고 이 서원골은 마산시 합포구 성호동 마산 시내 중심에 있으니 마산시내에서 쉽게 접근할 수가 있다.

정상에서 바라다보는 시야는 한 폭의 그림이다. 호수 같은 합포만이 봄볕에 반짝이는 정경이며 그동안 걸어온 김해와 창원의 산줄기가 바라다보이는 곳, 뒤편으로는 달려갈 서북산, 여항산이 보이는 곳, 그리고 남해의 푸른 바다와 거제도가 지적으로 바라다보이니 그야말로 눈 맛이 상큼한 곳이다. 4월의 산은 온통 솔향기가 지펴 오르는 있었다. 겨울 내내 아무런 향기도 없던 푸른 솔잎이 봄기운을 받아 그 향긋한 향기를 뿜어내고 있었다. 능선 산길은 남해 바다를 바라보며 걸어가면 된다. 남쪽 학봉으로는 온통 분홍빛 진달래가 만개를 하였다. 그러나 산정의 진달래는 이제도 꽃봉오리를 곱게 펼치고 있었다. 그 진달래꽃을 입에 따다 먹으니 향긋함과 단맛이 그윽하다. 산길은 어느새 만날 고개로 내려가는 길과 서쪽으로 능선을 연결하는 삼리에 도착하여 마산항을 뒤로 하고 서북방향으로 길을 재촉하였다. 내려서니 쌀재고개이다. 고개를 올라서면 아래 바람재로 이어져 있었다. 남해의 바람이 내륙으로 들어가는 바람길인 바람재, 이 바람을 타고 넘어가면 마산시 내서면 감천마을로 들어간다. 무학산 정상에서 한 시간 걸려 10시 30분에 아래바람재에 도착했다.

그리고 11시에 윗바람에 도착했다. 대산까지 이어지는 능선 북쪽은 온통 진달래와 철쭉이 산을 이루고 있다. 언제나 진달래 이야기를 하면 자랑하던 곳이 바로 이곳 진달래와 철쭉이다. 그러나 이곳의 꽃들은 아직은 피지 않았었다. 진달래 수해樹海를 뒤로하고 대산으로 오르다 11시에 우린 아침겸 점심을 먹었다. 그리고 11시 15분에 무학산서 3시간 걸려 대산(727m)에 도착했다. 그리고 12시 30분에 광려산(722m), 14시에 마산 함안간 1035번 지방도인 한티재(진고개)에 도착했다. 대산에서 한티재까지 식사시간 포함하여 2시간 반이 소요됐다.

봉화산으로 오르는 오름은 한바탕 땀을 적신다. 그러나 산길에 우거진 소사나무 군락을 바라보노라면 그 힘듦도 잊을 수가 있다. 봉화산(674m)의 진달래 철쭉 밭을 따라 능선길을 걷노라면 이제는 그 오름의 힘듦도 잊고 콧노래라도 부를 수 있을 만큼 편안하고 발이 푹푹 빠지는 낙엽길이 이어진다. 산정의 철탑에서 남해바다로 내려서면 평지산(489m) 베틀산(435m)의 지룽으로 빠지니 주위를 하여 서북산을 바라보고 우측으로 길을 잡는다. 이제는 줄곧 내리막길이다. 언덕 같은 능선인 산마루 둑길을 밟고 걷노라면 좌측은 진북면 중부골과 우측은 함안군 여항면 버느내마을이 그림처럼 앉아있다. 돌배나무의 풋풋한 가지의 촉을 꺾어 배 냄새를 음미하며 노오란 생강나무의 줄기를 꺾어 생강의 향기를 맡아 환각 같은 생강의 기운을 얻으며 우리는 봄볕에 늘어지게 길어진 산 언덕길을 걸었다. 재를 넘어가는 임도를 건너니 잣나무 숲이 우거진 숲길을 걸어 오른다. 서북산까지 심한 오름 길이 계속되었다. 이제는 어느 정도 체력도 소진된 상태이니 그 힘듦이 더욱 느껴졌다. 한 30여 분이 걸려 서북산(738m) 정상에 도착하니 한티재 출발하지 2시간 반이 지난 오후 4시 30분이었다.

정상에 서 있는 서북여항 전적비 앞에서 소주 한 잔 부어 놓고 묵념을 하였다. 이곳은 6.25 한국 전쟁 시 전사한 미군 대위(스미스중대장)를 포함한 100여 명의 넋을 기리고 중대장의 아들이 미 극동군 8군사령관으로 부임하여 이 비를 건립하였다는 기록이 있었다. 아버지의 전사를 기리며 이곳을 찾았을 아들의 감회는 어떠하였으랴. 전쟁 당시 미군들이 떠나면서 불렀던 노래 가사에는 "잘 있거라, 서북산아. 다시 오마, 영동아."라는 가사가 있다. 여기서 영동이란 서북산 아래 마을 이름이다.

서북산 능선을 따라 내려오다 늦은 점심을 먹었다. 그리고 칼날처럼 선 성벽 같은 산길을 따라 여항산(770m)에 올랐다. 서북산 출발한 지 2시간, 무학산을 출발한 지 10시간 만인 하오 6시 반이었다.

이제는 하산해야 할 시간이었다. 그러나 우린 귀신에 홀렸는지 도무지 하산할 마음이 둘 다 없었다. 늦은 점심을 먹은 탓이었을까? 그래서 둘이 합의하여 계속 종주능선을 타고 미산령으로 갔었다. 미산령까지는 가 본 길이었다. 어둠이 조금씩 밀려왔지만 날씨는 산들산들 걷기에 그만이었다. 미산재에 도착하여 시계를 보니 7시였다. 이제는 미산재 임도를 따라 진전면 여항리 둔덕마을로 걸어 내려가든지 아님 또 능선을 따라 오곡재로 가야 할 순간이었다. 우리는 서로 한 사람은 산신령이라고 부르고 한 사람은 산도깨비라 부르며 신길 걷기야 신명이 나 있었다. 그리하여

  그리운 영신봉

묵시적 합의하에 능선길로 접어들었다. 이 순간이 얼마나 위험하고 고생스런 길이 되리라는 것은 모르고 어둠이 천하를 다 삼킨 귀신의 아가리로 스스로 기어들고 있었다. 산신령은 산도깨비를 믿고, 산도깨비는 산신령에 의지하며 산으로 들어가고 있었다. 이미 산길은 온통 어둠이 내려 발 앞만이 희미하게 보였으나 그것도 시야가 트인 능선길에서 뿐이지 나무가 짙어진 숲 속에선 발 앞도 보이지 않는 칠흑 같은 음력 이월 스무 이레(27) 그믐밤 길이었다.

어두운 밤이니 산도깨비가 앞장을 서고 산신령은 뒤에서 보초를 서며 길을 살피며 걸었다. 길은 하나도 보이지 않았다. 그러나 길은 있었고 용케도 길을 붙들고 길을 밟고 갔었다. 발 앞의 길은 보이지 않으나 저만치의 어둠 속에서 길처럼 통로가 감각으로 느껴져 그걸 길을 인식하고 가고 있었다. 후라쉬도 없이 불빛이라고 오직 하늘이 내려 주는 별빛이라고 해야 할 것이다. 산 고개를 두 개쯤 넘었다. 우리의 목적지는 능선에 놓여 있을 임도(재)를 만나는 것이다. 그 고개 임도에서 아래 마을로 연결되는 길이 나오리라는 기대를 하면서 갔었다. 우측에는 군북면 사촌부락의 불빛이 흔들리듯 보이고 좌측은 산과 산이 첩첩이 쌓여 있으나 우리는 좌측으로 내려가야 하는 것이다. 산마루에 올라섰다. 그리고 내려막 길에서 길이 보이지 않았다. 물론 길은 처음부터 보이지 않았으나 내 동물적 감각에 의존한 길마저 보이질 않았다. 그러다 대강 내려서는 아래로 솟아져 내려갔었다. 이 순간이 얼마나 잘못된 것인지 나중에야 알았다. 길과는 이미 헤어져 우리는 숲속의 비탈로 미끄러져 내려갔다. 숲속에도 어둠이 더욱 심하지만 길같이 보이는 곳도 있어 그냥 길 같다고 생각이 들면 그쪽으로 걸어 들어갔었다.

그러다 이제 길을 잃었다는 것은 안 것은 한참 후였다. 그러나 어쩔 수가 없었다. 이제는 길을 다시 찾을 수도 없고 돌아 갈 수도 없고 기다릴 수도 없었다. 숲속에는 나무가 엉겨 내려가기가 여간 어렵지 않았었다. 마른 가지가 얼굴을 때리고 발은 돌부리에 걸리고 가시나무는 옷자락을 물고 오른발을 빼고 나면 왼발이 걸려 나오지 않으니 이야말로 진퇴양난이라고 해야 할 것이다. 내려가야 할지 올라가야 할지 좌로 가야 할지 우로 가야 할지 어디로 얼마나 가야할지 아무런 사전 지식이 없으니 판단이 서질 않았다. 하늘도 보이지 않았다. 소나무 숲이 하늘을 가리니 한마디로 공간은 까만 먹칠이 된 어둠 속이었다. 한 치 앞이 안 보인다는 말이 있지? 이를 두고 하는 말이다. 발을 옮길 자리가 보이지 않았다. 한 손으로 앞을 내저어 사물을 확인하고 한발을 옮기는 군에서 배운 야간 각개전투의 시범대로 해야 나아갈 수가 있었다. 둘은 의견이 일치하다가 상반되기도 했다. 좌로 가자 우로 가자하면서 둘 다 잘 모르면서 우기기도 했었다. 그러나 만약에 혼자라면 이런 상황에서 얼마나 무섭고 당황될까? 그래도 둘이니 마음은 편안하고 서두르지는 않았다. 이런 생각이 들었다. 이게 조난일까? 휴대폰도 불통지역이고 소리를 지른다고 누가 듣는 사람도 없었다. 그런 순간 한 발이 흙더미 속으로 빠지더니 몸 전체가 경사면을 따라 미끄러져 내렸다. 발을 옮기면 더욱 미끄러져 흘러내렸다. 산사태가 난 자리였다. 나무가 없고 흙만이 쌓였으니 발이 빠져 올라갈 수가 없었다. 움직이면 흘러내리니 말이다. 겨우 게걸음으로 나와서 산신령을 불러 앉혔다. 그리고 다짐을 받았다. 지금 이 순간에 우리가 해야 할 가장 중요한 일은 절대로 다치는 사람이 생기면 안 된다는 것이다. 누구 한 사람 다치기나 하면 둘 다 얼마나 고생을 할 것인가. 그러나 여기서 밤을 새워도 죽지는 않을 것이니 다치지 않도록 서로 조심하고 천천히 아주 천천히 움직이자. 그리고 자리에 주저 않아서 물도 마시고 담배도 한 대 피우고 한참을 쉬었다. 하늘도 보이지 않는 숲속 어둠에서 그렇게 바보같이 갇혀 있었다.

산신령 하나와 산도깨비 한 마리가 산속에서 까불다 산속에 갇혀서 아무 짓도 할 수 없어 心 놓고 앉아 있었다. 좌측으로는 산줄기가 아래로 멀고 길게 뻗어 있다는 내 추측에 나는 우로 비스듬히 옮겨 갔다. 산속으로 들어가는 형상이나 나는 산의 줄기가 만나는 골짜기로 들어가고 싶었다. 그래서 내려가지 않고 우로 게걸음으로 돌밭을 기어 넘고 가시밭을 헤쳐 가니 골짜기가 나왔다. 산 위로 저만치 산과 하늘의 공제선이 조금씩 보였다. 우리는 돌밭을 타고 이제는 내려갔다. 돌밭에서는 하늘은 보이지만 덩굴나무가 엉켜서 좀처럼 몸이 빠져나갈 수가 없었다. 그러나 하늘이 보이는 것만 해도 밝음이 있으니 좋았다. 그렇게 돌들을 밟고 내려가니 희미한 물소리가 들리고 드디어 작은 물이 생기는 샘을 지났다. 물길이 생기자 물고랑이 생기고 고랑 위로 언덕이 있었다. 그래서 언덕 위로 올라서니 물 따라 길이 산길이 누가 다녔는지 그냥 생겼는지 모르지만 곧고 바른 길이 있었다. 얼마나 반가우랴. 다시는 이 길을 놓치지 않으리라던서 한 발 한 발 그렇게도 쉽고 편안한 길을 걸으니 발이 날듯이 가볍고 산뜻하였다. 그 길을 따라 10분도 채 아니 내려와서 우리는 임도를 만났다.

그만 눈물이 다 솟아나려고 했다. 갑자기 심한 목마름이 밀려왔다. 이제는 이 임도를 붙들고 가면 마을로 갈 수가 있으리라. 그동안 헤맨 시간을 보니 꼭 한 시간 동안 저 숲 속 어둠 속에서 있었다. 임도를 따라 둔덕마을로 내려갔다. 마을에 들러 이장 집에서 택시를 불러 주어 타고 진전면 곡안마을 내 고모님 집으로 갔다. 곡안마을에 도착한 시간은 저녁 9시가 지나고 있었다. 긴 여정이었다. 무학산 정상에 오를 적만 하여도 서늘한 봄 공기가 먼 시야를 보여 주었고 진달래, 얼레지, 노란 꽃, 하얀 꽃, 다 보며 여항산까지 잘 왔건만 어둠이 오면 내려가야지 자기가 무슨 산도깨비이고 산신령이랍시고 후레쉬 하나 없이 지도 한 장 없이 가 보지도 들어 보지도 못한 곳을 겁 없이 다니다 이런 꼴이 되었으니 차후로 이번 일을 경험 삼아 절대로 이런 사태는 없을 것을 다짐해 본다. 그러나 내일 다시 이곳으로 와서 살펴보리라.

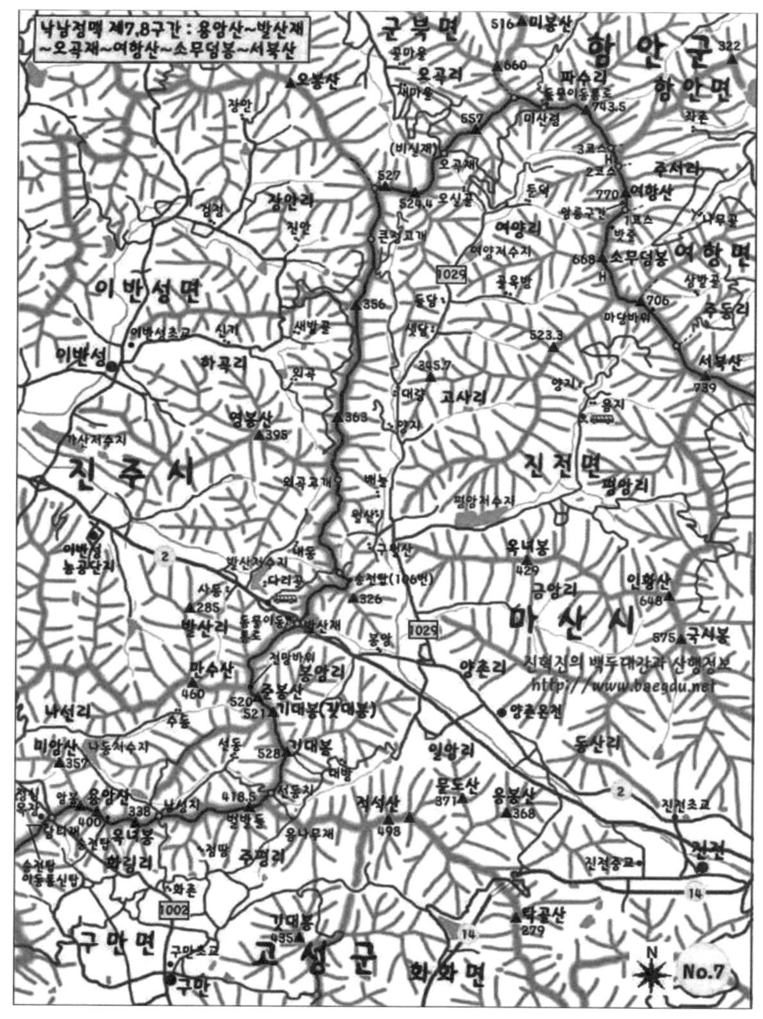

진북면 서북산 – 진전면 발산재

진달래 꽃산행(오곡재_발산재)

다음 날 고모님이 차려 주신 아침밥을 단단히 먹고는 곡안마을에서 진전면 둔덕행 시내버스를 탔다. 버스에는 젊은 부부가 아이를 데리고 산행을 가고 있었다. 어젯밤의 산속 이야기를 들려주었더니 신기한 듯 들어 주었다. 그들은 미산령을 올라서 여항산과 서북산을 넘어 한티재(진고개)까지 갈 예정이라고 했다. 버스는 어제 우리가 내려왔던 마을 입구에 내려 미산령 쪽으로 갔다. 우리는 지금 둔덕마을 지나서 오곡재를 향하여 어제 밤 잃었던 길을 찾아가고 있었다. 우리에게 택시를 불러 준 이장 댁에 들러 인사를 드리고 곧장 임도로 올라가니 마치 우리가 만났던 산속의 그 임도 길이 나왔다. 이 길을 만나 얼마나 반가워했던가. 나는 그 자리에 엎드려 크게 절을 올렸다. 이 길이 희망을 주었으니 얼마나 감사하냐! 그리고 그 길을 따라 산길로 올라갔다. 여기저기 무너진 흙더미와 파헤쳐진 발자국을 바라보며 어제의 방황을 한편으로 즐기며 헤매던 기억을 되새기니 지난 일들이 주마등처럼 기억되었다. 좌우로 흔들며 소나무 가지를 붙들고 상상 속의 길을 만들어 내려왔으니 어찌 그 순간들을 잊을쏜가?

　능선의 마루금(정맥능선)에 올라섰다. 길은 좁긴 하나 또렷하게 나 있었다. 작은 산을 하나 더 올라 내려서니 오곡재가 나왔다. 능선 마루금에서 오곡재까지는 불가 10여 분이면 도달하는 거리이다. 그 십여 분을 견디지 못하여 한 시간을 보낸 것이다. 오곡재는 군북면 사촌에서 올라오고 진전면 둔덕에서도 올라오는 재이다. 임도는 포장은 되지 않았으나 차량이 손쉽게 올라올 수가 있었다. 9시 40분에 오곡재를 출발하였다. 능선으로 마루금은 리본으로 잘 표시되었고 날씨는 오전의 산들바람이 불어 걷기는 그지없이 좋았다. 그러나 오늘은 어제의 무리도 있고 하여 일찍 산행을 끝내고 하산하기로 했다. 건너로 여항산과 서북산이 바라다보이는 산줄기이다. 여항골을 감고 산은 남으로 하산하는 형상이었다. 산에는 봄이 한창인가 보다. 어제는 형형색색의 꽃들이 길가에 수를 놓더니 오늘은 진달래가 낮은 산하에 가득하다. 우리는 양지에서 햇살 먹고 핀 진달래의 꽃을 수없이 뜯어먹었다. 진달래는 꽃이 먼저 피는 꽃이다. 가느다란 팔들을 가지가지 뻗어 그 마디마디에 연분홍 꽃송이를 달고 있다. 소나무 사이에 핀 꽃들은 소나무의 갈색 줄기와 조화를 이루어 마치 꽃의 수를 놓은 듯 점점이 홍을 찍어 놓은 듯하였다. 아직은 덜 핀 봉오리의 꽃잎은 어쩌면 그 연한 수줍음을 그렇게도 풍길 수가 있을까? 꽃술의 노랑과 가느다란 꽃술대가 연약하기 그지없다. 소나무 숲이 점점 깊어지는 낙엽이 무성한 길을 걷다 바라본 춘란春蘭 한 포기가 꽃대를 두세 개 내밀고 피었다. 나는 엎드려 코를 대고 향기를 맡는다. 그윽한 난蘭 향이 코 전에 감돈다. 코를 연신 실룩이며 그 고고한 아름다움에 입을 맞추어도 본다. 이제는 난을 캐지 않기로 했었다. 지난번 백운산의 그 은총을 다 누리었는데 이제는 난에 대하여서는 부자가 되었고 욕심을 초월한 경지에 올랐다. 그래서 아무리 좋은 난이 있어도 캐지 않기로 했다. 집에 가면 내가 키울 만큼 충분히 자라고 있고 이렇게 자연 속에 두고 보니 꽃도 보고 잎도 보고 할 수가 있으니 그냥 두고 사랑하며 보리다. 그 산속에

도 저 백운산만큼은 아니라도 난의 군락도 있고 진달래 밭도 있었
다. 길은 계속해서 길고 편안하게 아래로 아래로 내려가고 있었
다. 콧노래 부르고 휘파람 불며 가는 산길이었다.

아주 크고 높고 멋진 서어나무가 살고 있었다. 마치 느티나무
같은 서어나무 3그루가 능선 무덤가에 살고 있었다. 어른 두 팔로
벌려 두 아름이었다. 높이는 10여m. 수령은 500년 이상 이런 서
어나무는 평생에 다시는 볼 수가 없는 나무다. 물론 여기에 다시
오면 볼 수야 있지만은 정말 대단한 나무였다. 그곳은 소나무 군
락지였는데 서어나무가 살고 있었고 바위 사이도 아닌 평지에 흙
속에 뿌리를 내리고 있었다. 사방으로 뻗은 뿌리의 용트림이 사방
20여m는 그 뿌리를 드러내고 기어가고 있었다. 가던 길 멈추고
쉬었다. 이런 자리에서 쉬며 감상하고 가야지 소주병을 꺼내 병
나팔을 불며 한동안 쉬었다. 오늘은 발산재까지만 가기로 했으니
앞으로 두 시간정도 걸으면 가리다. 걸쳤던 옷들도 다 벗어 놓고
봄기운이 번지는 소나무 숲속에서 삼림욕을 즐겼다. 아무도 없는
이곳이니 좀 벗고 앉았으면 어떠랴! 아! 정말 좋았다. 소나무가
그 푸른 솔잎 향기를 내뿜고 서어나무가 나무 기둥을 하고 있는

산속에서 벗고 앉아 햇살을 즐기는 봄날의 망중한忙中閑을 말이다. 우리는 어느새 어제의 그 고생은 다 잊고 또 산행의 진수를 맛보고 있었다. 길은 임도를 따라 평행하게 지나갔다. 그러다 임도는 어디로 가고 능선길을 따라 내려가고 있었다. 낮은 산들이 산길로 갈라지니 리본과 능선을 잘 붙들고 남하하여 철탑을 지나고 다시 적당히 높은 산봉우리에 올라 고모님이 싸 주신 점심을 먹었다. 봄 상추에 식은 밥을 땀을 흘리며 먹었다. 맛있게 배불리 먹었다. 오늘 산행 시작한 지 5시간 만에 오후 3시에 발산재인 마산 반성간 2번 국도에 내려섰다. 지나가는 버스를 타고 동산온천에 들러 온천욕을 하니 이틀 동안 쌓인 피로가 싹 가시는 듯하였다.

이로써 우리가 저 낙동강 물금에서 시작한 낙남정맥의 첫 구간인 낙동강에서 창원구간과 이번에 마산 무학산에서 발산재 2차 구간을 마쳤다. 그사이에 낀 창원 용지봉에서 무학산 구간은 그동안 수없이 다닌 코스이기에 여기서는 생략했으나 다음의 낙남정맥의 산들이란 홈페이지에 올려질 것이니 참고하시기 바란다. 다음 3차 구간은 발산재에서 사천까지 구간이다. 언제 갈 것인지는 아직은 모른다. 이곳도 2박 3일은 걸리는 듯하나, 다른 사람들

의 기록에 의하면 4차에 걸쳐 가야 하는 코스이다. 다음에 갔다
와서 적어 올리리다. 꽃피는 봄, 진달래 피는 철에 간 무학산에서
여항산까지 구간은 진달래와 어둠에 묻힌 산속에서 헤맨 추억의
산행이었다. 경험의 산행이었다.

2000. 04. 02.

3.
진전면 발산재에서
고성 대가면 관음정사까지

(2000년 4월 30일 – 2000년 5월 1길)

- 2000. 04. 30. 진전면 발산재에서 개천면 좌련티 신평마을까지

- 2000. 05. 01. 개천면 좌련리 신평마을에서 고성 무량산 마장재 사슴농장까지

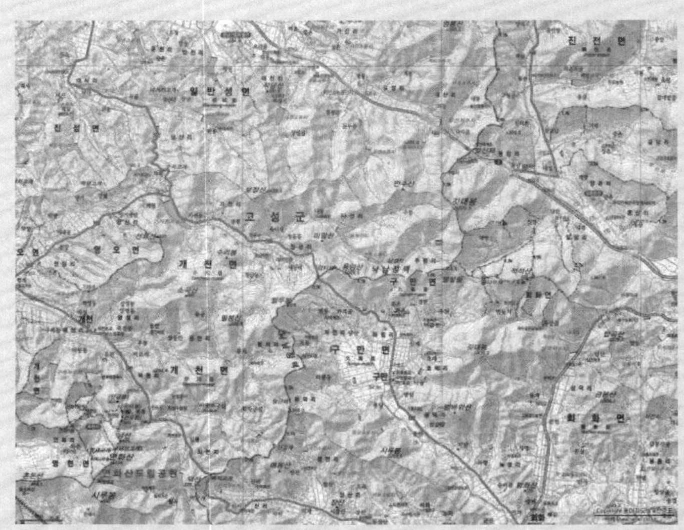

진전면 발산재 – 개천면 배치고개

2000. 04. 30.

진전면 발산재에서
개천면 좌련리 신평마을까지

지난 4월 1일, 2일 양일간에 2차 구간을 마치고 꼭 한 달 만에 3차 구간 등정에 나섰다. 마치 5월 1일은 근로자의 날이니 연휴를 기하여 이틀간으로 계획을 잡았다. 이번 산행은 나름대로 다른 멋과 맛을 볼 참이었다. 시작점이 마산시 진전면이고 가는 코스가 주로 고성군 지방이니 산이 높고 깊지가 않다. 그리고 이곳에 대한 지형이나 거리, 위치를 지도로 적당히 익힌 것 외는 잘 알지를 못하는 지역이었다. 그래서 산 따라 길 따라 걷다가 저물면 산골의 오두막집 만나면 문간방이라도 재워 주면 삿갓 선생처럼 자고 가 보자는 심정으로 떠났다. 그러니 오늘 밤은 어느 곳 어느 집에서 잘 것인지 전혀 알 수도 없고 집으로 돌아와야 하는 고민도 전혀 할 필요가 없는 나그네 산행인 것이었다.

　여느 때처럼 정 아우랑 일요일 아침 7시에 신마산 댓거리 정류소에서 만나자고 했건만 아우는 30여 분이 지나도 나타나질 않았다. 혼자서 차를 기다리는 온갖 사람들의 발걸음을 구경하며 경남의 서부지방으로 가는 버스들을 바라보며 기다리고 있었다. 지난번 무학산 등산에도 약속을 어기더니 이번에는 아주 혼을 내리라 하고 마음을 먹고 기다리니 40분이 지난 후 터미널 매표소에 나타났다. 아우는 간밤에 술 마시고 노느라고 2시에 집에 와서 깨어보니 또 늦었노라고 미안해하는데 아무래도 버릇이 된 것 같으니, 세 번을 잘못하면 이제는 연을 끊겠노라고 했더니 어찌 몸 둘 바를 모르니 내가 심한 말을 한 것도 같았다.

　하늘은 아무래도 그냥 지나갈 것 같지 않았다. 흐린 하늘에 차들이 뿜어내는 매연에 잔뜩 답답한 기분이었다. 마산 서부 주차장으로 들어가 비옷을 준비하여 진주행 버스에 올랐다. 진동을 지날 무렵 차창에는 비가 흘러내리고 동전고개 위로 지난번 정맥 종주를 한 대산과 무학산의 줄기가 언뜻언뜻 보였다. 얼마 안 가

서 지난번 하산했던 마산시 진전면 발산재 휴게소에 버스를 내렸
다. 봄비는 그리 차갑지 않게 내려 주고 있었다. 그렇다고 폭우로
내리는 비가 아니니 이 정도의 가랑비 같은 보슬비를 맞고 가는
산행은 그런 대로 다른 정취가 있으리라. 나는 휴게소 매점에 들
러 라면 2개를 달라고 했더니 생라면은 아니 판다고 했다. 이유인
즉 오늘 끓여 팔 라면이 모자라니 팔 수가 없다고 했다. 참 장사란
매정키도 하구나. 물론 저 아래 슈퍼에서 준비해 와야 하나 비만
오지 않았다면 라면이야 안 먹어도 그만이지, 떠나려고 하니 마음
이 변했는지 하나만 가져가라고 했다. 차를 몰고 온 사람이라면
아니 팔 것이나 버스에서 내린 걸 보았다나?

추적추적 내리는 비를 맞으며 길은 고성 쪽으로 절개된 언덕으
로 리본과 길이 있었다. 무덤들이 앉은 넓은 잔디밭에서 아우는
딱취를 캐어서 뿌리를 내밀며 냄새를 보란다. 여기저기 딱취가
도라지처럼 돋아 있었다. 장흥 고씨 가족묘원을 가로질러 오르는
무덤길로 무심한 세월에 빗긴 풍화된 비석을 보니 대제학과 의금
부 부사를 지낸 분의 무덤이었다. 장흥 고씨라면 나의 할머니께
서 바로 이 산 너머 진주 이반성면 을촌이란 마을이 친정이셨고

장흥 고씨였다. 봄비를 맞은 능선에서 바라본 산들은 온통 초록의 향연이 벌어지고 있었다. 그 차에 이 봄비를 맞으며 산은 얼마나 신이 나서 살아날까? 소나무 아래로 난초 같기도 하고 창포 같기도 한 각시붓꽃이 파란 붓꽃을 달고 피고 있었다. 무리 지어 사는 붓꽃, 지금이 꽃피는 시절이니 이 비가 잎과 꽃대에 얼마나 힘이 되고 영양이 되겠느냐? 산판 임도에서 오른쪽으로 리본을 따라 오르다 바라보니 길섶에 떨어지고 나무 가지에 붙어 피어 있는 하얀 철쭉꽃은 그야말로 이슬 머금은 새아침의 새악시 볼 같았다. 꽃잎은 연한 분홍을 감추어 품은 하얀빛이고 그 잎새의 부드러움은 어찌 말로서 형언이 된단 말인가? 철쭉꽃을 어디 처음 본 사람인가 내가? 그러나 지리산 산정의 철쭉도 희멀건 색상의 철쭉이었건만 이처럼 희되 희지 않고 붉되 붉지 않는 모습은, 수줍은 자태로 산안개가 아스라이 지피는 보슬비 내리는 이 봄날이 아니고는 정녕 볼 수 없는 꽃이리라는 확신이 있었다. 그런 철쭉이 깃대봉 오르는 등산로 좌우로 줄줄이 서서 날 기다려 주고 있었다. 아무래도 오늘은 비가 오는 날이니 이산에는 등산객이 올 리가 없었다. 산불이 하도 여러 곳에서 일어나니 입산도 금지하고 있었고, 이곳에서 이 꽃들을 바라보는 영광을 가진 우리는 실로 축복 받은 자이리라. 진전면 양촌 마을과 적석산이 바라보이는 산의 중턱 바위에 앉아 지펴 오르는 산안개와 건너 산들을 바라보며 앉았다.

안개는 아주 느릿느릿 아래서 위로 마치 달팽이가 나무를 타고 오르듯이 유연한 자세로 산을 감싸고 올라오고 있었다. 이즈음의 산의 색은 초록이 아니다. 산은 연녹색의 수채화 색이다. 산들이 연녹색을 부어 놓고 녹색의 잔치판을 벌이고 있다. 4월이 다 가고 5월이 오는 지금 산은, 자연은 이제 청년의 시절이고 청춘의 모습이다. 낮은 구름이 산마루에서 머물다 지나갔다. 구름도, 비도, 안개도, 바람도 이 산의 저 나무와 풀과 꽃들을 위한 시녀요 하인이요 그들의 잔치에 불려온 하객인 것이다. 일회용 우의로 빗기어 내리는 빗물을 옷깃으로 떨치고 리본이 인도하는 능선 길을 걸으니 시원함과 상쾌함이 가슴 가득 넘쳐 나는 산행이었다. 한 번도 지나친 적이 없고 한 번도 바라본 적이 없는 산들을 길 하나 리본 한 조각 믿고 봄 길을 따라가다 바라본 숲 속 넓은 밭에는 둥글레가 지천으로 자라 꼬불꼬불 키를 올리고 있었다. 어찌 이리도 많은 개체가 한꺼번에 자생할까? 이곳의 둥글레만 가꾸어도 중국산 둥글레를 아니 먹어도 되련마는 국산 둥글레차 맛을 본 지가 얼마이던가?

　문득 라면을 준비해도 식수를 받아 오지 않았다는 것을 이제야 알았다. 가다 마을 근처라도 지나친다면 식수를 구해 가야겠구나. 구만들이 눈 아래 보이나 멀리 고성도, 바다도 시야는 좋지 않았다. 벌밭들봉을 지나 길을 내려가니 남성치라는 고갯길이 진전면과 고성군 개천면을 가르는 고갯길이었다. 우측 아래 밤나무 과수원사이로 조립식 막사 한 채가 보이기에 물을 구하러 내려갔다. 밤나무 아래로 비탈을 짚고 담장도 없는 앞뜰로 나서니 닭장에는 금조, 은조, 공작, 칠면조, 산 오리 이런 조류동물을 무엇이라 부르는가? 날개 달린 가축을 무엇이라 부르는가? 주인이 없어 보이는 집이나 집 곁에는 마른 장작이 키를 올려 쌓여 있었다. 현관에 서서 크게 주인을 부르자 한참 만에 방 안에서 남자 소리가 들리어 왔다. 식수 한 통 받으러 왔다고 하니 플라스틱 물통을 내어서 부어 주면서 이곳에는 수도 시설이 없다고 하면서 이 물은 저 아래 온천마을 물이라면서 더 받을 통이 있으면 내라고 하신다. 우의를 받쳐 입은 물에 빠진 생쥐 같은 우리 모습을 보자 자꾸

만 들어와서 몸을 좀 녹여 가라고 하신다. 신발에 물이 들고 바지
와 옷들이 물에 빠진 모습인데 방에 어떻게 들어가란 말인가? 자
꾸만 들어오라고 권하니 거절하기도 민망하여 우의를 벗고 신을
벗고 젖은 바지 채로 들어서니 마른 수건을 건네주신다.

　방안은 불을 지펴 훈훈한 기운이 흘러 나왔다. 사방 벽과 방바
닥은 황토로 지었다고 하면서 방바닥의 멍석자리를 들어보았다.
바로 이것이구나! 내가 미래에 지을 방의 모습이 바로 이런 모습
이구나. 황토의 바닥이 그대로 노출되고 그 위로 짚으로 만든 마
당용 멍석을 깔았다. 그러나 멍석은 거치니 그 위에 돗자리를 또
올리니 아주 황토 기운이 그대로 풍겨 나오고 온기와 향기와 정기
가 우려 나오는 그런 방이었다. 따뜻한 황토방에서 매실주와 산
초 잎으로 만든 안주로 두 잔을 연거푸 마시고 우린 짧은 시간 많
은 이야기를 듣고 나왔다. 그 아저씨는 고성에 거하시면서 휴일
을 이용하여 산장처럼 들리어 사는 곳이라고 들릴 시간이 있다면
언제라도 와서 쉬어 가라고 하셨다. 아! 또 나에게 별장 하나가
저절로 생기는 순간이구나! 그도 젊은 시절에는 마산에서 권투
인생을 산 환갑을 넘긴 황혼의 인생이었다. 그러나 그 열정과 기

력은 이직도 정정하시어 이곳에 수년 전에 농장을 구입하여 길도 내고 전기도 올리고 이제는 이 산중에서 사는 미래를 그리고 게셨다. 집의 아궁이와 채소밭을 소개하며 나는 이 고마움을 어떻게 보답하느냐하고 혼자 생각을 하였다. 그러나 아직 편지 한 장 못 보내고 인사 한 번 못한 못난 후배가 되고 있었다. 이 글을 마치면 저 산골에서 혼자서 자연과 벗하여 사시는 법정스님의 오두막편지 한 권이라도 보내야지 생각한다. 고성군 고성읍 박충웅 씨다.

남성치로 다시 오르니 비는 그쳤다. 우리가 박 씨의 황토방에서 몸을 녹이는 동안 하늘은 서서히 개고 있었다. 마치 비를 피해 들어갔다 온 것처럼 말이다. 리본들이 적당히 길섶에서 나타나 별로 어려움도 또 산도 높지 않고 남녘 바닷바람이 산들산들 불어와 산행 가는데 어려움이 없는 날씨였다. 야산을 내려서니 목장 철조망에 잠긴 문이 나왔다. 길은 목장 안으로 보였다. 하는 수 없이 철조망을 넘어 밤나무 밭을 지나가다 발견한 참취나물밭은 내가 언젠가 지리산 바래봉 목장에서 발견한 취나물 밭보다도 더욱 훌륭한 취밭이었다. 너무 좋은 취밭이라 그냥 갈 수가 없었다. 오늘 집으로도 아니 갈 것인데 지금 취를 캐면 오늘내일 지고 다녀야 하는데 그러나 그 귀한 산속의 야생 취를 두고 갈 수가 없었다. 우린 배낭을 내리고 한 10여 분 취를 캐니 벌써 배낭에 더 담을 수가 없었다. 목장 사람이 왔다. 그는 가축 구제역 때문에 목장 안을 지나가는 걸 꺼린다고 했다. 그렇다고 이런 기회에 그냥 매정하게 갈 내가 아니었다. 나는 소주병을 꺼내고 안주를 내어 한 잔을 권했다. 사양하드니 한 잔 쭉 마서 주었다. 그곳 사람들은 이 취나물을 아니 먹는다고 했다. 그래서 지천으로 자라고 있었다. 내친김에 한 잔 더 권했더니 기분 좋게 마서 주었다. 고마웠다. 권하니 마서 주는 이만큼 고마운 이가 어디 있느냐! 이제 나도 한잔했다. 그도 나도 초면이고 그는 농장에 사람이 지나가니 염려가 되어 왔건만 우린 인연이고 박 씨에게 얻어먹는 술, 농장 사람에게 권했으니 마음이 한결 개운하였다.

12시경에 우린 담티재를 건넜다. 1002번 지방도가 지나며 개천면과 구만면의 경계 지점이다. 정맥은 장생목장이 이름처럼 장생 長生하여 고고한 멋을 낸 돌기둥을 세우고 큰 목장이라 정맥이 가로 막혀 있었다. 목장을 가로질러 올라 어디로 향해야 할지 알 수가 없었다. 그냥 산의 능선을 쳐다보고 올랐다. 그러나 길은 없어졌다. 결국 우린 적당히 쳐다보고 숲길로 들어섰다. 사실 여름이면 갈 수 없는 길이었다. 가파른 오름을 20여 분 올라 길을 만나니 종주길은 훨씬 남쪽에서 시작되어 있었다. 다시 말하면 목장 가운데 길을 곧장 올라 좌측으로 길을 따라 축사 뒤로 오르면 능선 길이 나오는데 우린 우측으로 올랐다. 하여간 길은 올라가면 만나니 고민하는 시간에 걸어가면 된다. 높은 산을 보고 오르면 그곳이 종주능선이 나오니 말이다. 산마루에는 바위봉우리가 고성군 구만면을 바라보며 솟아 있었다. 큰 무덤 하나가 나오는 자리에서 더운 바지를 내리고 바람을 받았다. 짧은 시간이나마 가파르다. 한동안 더위를 식히고 1시 반경에 떠났다. 필두봉 못 가서 북서능이 바라다보이는 너럭바위에 자리를 잡았다. 점심을 꺼내 먹었다. 훌훌 벗어 던지고 비 그친 산 위의 이름 모르는 하얀 넝쿨꽃들이 사방에서 향기를 뿜는 한적한 곳에서 시장 끼를 때우는 맛이란 아는 사람만 아리라! 두 집에서 싸은 반찬에 큰 밥그릇을 다 비우고 한 시간이 소비된 후 오후 산행을 시작했다.

새터재는 산골의 작은 재다 임도 같은 길은 있으나 연결되는 도로는 아니다. 수원 백씨 가묘비를 지나 오르는 시간은 오후 4시,

길은 야트막한 평지인 밤밭 사이를 지나 탕근재로 다가갈수록 급경사를 이룬다. 탕근재를 지나 369봉을 지나자 시야가 사방으로 확 트이며 산불이 난 자리가 나왔다. 억새가 자리를 잡은 봉우리 근처에 손가락만 한 고사리가 지천으로 솟아오르는 고사리 밭이었다. 고사리가 얼마나 많은지 그리고 그 굵기가 얼마나 좋은지 우린 고사리 꺾느라 그만 산행도 잊어버리고 시간 가는 줄 모르고 하오의 햇살이 온 산을 데우는 산 위의 억새밭에서 땀을 뻘뻘 흘리며 산골 아저씨들처럼 신이 나서 정신을 잃었다. 비닐봉지에 차근차근 담은 봉지가 몇 개나 되었다. 이제 배낭에는 고사리 넣을 공간도 없었다.

어느덧 시간은 6시 지나고 어차피 이제는 어디 가서 하룻밤 자야 하니 마을을 만나야 하는데 우리가 언제 여기 와 보았지, 그렇다고 지도 한 장 없이 왔는데, 다 운명은 하늘에 이미 맡기고 가는 셈이었다. 알 수도 없는 곳으로 가는데 마치 도로가 나왔다. 1007번 지방도가 지나는 배치고개였다. 나는 오늘 산골에 노인이 혼자 사는 오두막집에서 자길 원하였는데 산속도 아니고 오두막집도 만날 수가 없는 마을로 통하는 지방도를 만나고 말았다. 6시 반을 지났으니 이제 더 이상 산으로 올라서는 것은 과욕이고 순서가 아니었다. 고개에서 남쪽으로 내려설 것인가 북쪽으로 내려설 것인가는 선택의 일이다. 우린 북으로 도로를 따라 20여 분을 내려가니 개천면 좌련리 신평마을이 나왔다. 마을은 제법 오래된 듯 보였다.

낙남정맥은 서에서 동으로 앉은 산맥이다. 산자분수령이라 산맥은 산으로 이어져 있어야 한다. 산은 산으로 이어져 있어야 산맥이 된다. 그러니 물길을 만나면 산맥이 아니다. 정맥의 길은 물의 흐름을 찾아서 그 물줄기를 나누어 물길이 나누어지는 산길이 산 마루금이 되어 정맥이 되었다. 낙남정맥도 북으로 흘러내리는 물줄기는 모두 낙동강으로 흐른다. 고성 마산의 북쪽으로 흐른 물들은 남강물이 되었다가 낙동강 본류르 들어가고, 남으로 흐른 물은 남해바다로 흐른다. 다만 지리산줄기로 가면 西로 흐른 물은 섬진강이 되고 東으로 흐른 물은 덕천강이 되어 남강으로 들어간다.

좌련리 신평마을로 흐르는 물은 북으로 흐른다. 물 따라 지는 해 따라 석양 길을 터벅터벅 내려간 오래된 느티나무가 마을을 지키는 신평마을 어귀에는 할아버지가 자전거로 밀고 걸어 나오셨다. 얼른 인사를 드리니 누군가하고 빤히 쳐다보시고는 고개를 기우뚱하신다. 잘 모르겠는데 누구네 사람인가?

"할아버지 이 동네 하룻밤 유할 집이 어디 있습니까?"

"이 마을에는 없고 저 아래로 더 내려가면 민박집도 나오고 여관도 나오네."

우린 민박집도 여관도 원치 않는데 그렇다고 말씀을 드릴 수는 없고 헤어졌다. 버스 정유소에서 들판을 가로질러 마을로 곧장 들어섰다. 마치 갈 곳이 있는 사람처럼 내 눈에 저 마을이 차 소리도 없고 옛 마을로 보이기에 들머리를 지나 몇 집을 다녀도 집에는 사람들이 없었다. 농사철이라 모두들 들로 나가고 없었다. 겨우 할아버지 할머니 내외를 만나 사정을 했더니 우리 처지가 불쌍하다고 생각하시는 할머니께서는 빈방에 재워 주자고 하시고, 할아버지께서는 건너 정류소에 민박집에 있다고 가 보라고 권하셨다. 가게에는 총각 혼자 사는데 사정을 하면 재워 줄 거요 하신다. 더 사정을 할 수도 없고 나이 드신 분들인데 싶어 마을을 빠져 나와 가게로 되돌아갔다. 민박을 하지 않겠다는 늙은 총각을 설득

　　　　　그리운 영신봉

하여 방을 얻었다. 보일러로 물을 데워 비에 젖고, 땀에 젖은 옷과 몸을 빨고 씻었다. 마치 더운물에 엿가락 녹듯이 녹아내렸다. 부엌에서 쌀을 불리고 있는데 주인 총각의 어머니께서 오셨다. 창원 사는 큰아들이 혹 창원서 왔다니 아는 사람인가 해서 왔단다. 초면에 인사를 나누니 그는 창원 모 동사무소 직원이었고 마치 내가 사는 아파트에 사는 이웃사람이었다. 그는 내일이 월요일이니 창원으로 돌아가는 길이라고 했다.

작별을 하고 나니 옆에서 듣고 계시던 어머니께서 저녁식사를 준비할 테니 오라고 하신다. 큰아들 한동네 사는 사람들인데 그냥 오라고 자꾸 청한다. 우리는 반찬 통만 들고 이웃에 어머니 댁으로 갔었다. 어머니는 그 큰집에 혼자 살고 계셨다. 큰아들과 막내아들은 창원에서 살고, 둘째는 가게 늙은 총각인데 저렇게 결혼도 아니하고 도회지 나갔다가 귀농하니 보기에 딱하신 모양이었다. 할아버지는 작년에 저 세상으로 보내셨단다. 혼자 사는 시골 과부가 우리 농촌에는 참 많이도 계셨다. 더운밥에 고깃국에 취나물 반찬으로 한 그릇을 후닥닥 비우고 소주 한잔 마시고 나서면서 방 값과 식사비를 드렸더니 한사코 아니 받으신다. 인사를 드리고 나와서 우린 총각의 가게에서 시골 총각이랑 셋이서 소주 한 병으로 밤을 보내고 잠을 청했다. 부엌에서 본 수세미 이야기를 했더니 씨앗을 몇 알 얻었다. 플라스틱, 비닐, 알루미늄 수세미가 천연 수세미를 이 땅에서 다 몰아내어 버려 이제는 수세미열매를 볼 수가 없었는데 나는 씨앗을 얻어 마치 목화씨앗을 얻은 문익점 선생님의 기분이 되었다. 금년에 이 씨앗으로 수세미를 따다 이웃에도 나누어 주고 씨앗도 보급하리다.

개천면 배치고개 – 고성 무량산

개천면 좌련리 신평마을에서
고성 무량산 마장재 사슴농장까지

문밖에 아낙네들 소리에 잠을 깨었다. 우리가 널어 둔 고사리를 보고 모두들 어디서 꺾었는지 궁금해했다. 대 굵은 고사리가 어디에 있는지 오늘 당장 꺾으러 갈 모양이었다. 미닫이문을 밀고 새벽의 마을을 보니 안개가 산허리며 마을을 칭칭 감고 있었다. 나는 안개가 스멀거리는 마을 속에서 어깻죽지가 간질간질하는 안개를 밀어 보내고 밖으로 빠져 나오려고 미동을 하고 있었다. 아침을 든든히 먹고 점심도 한 그릇씩 퍼 담아 이불 속에 말려 둔 양말을 꺼내 그 보송보송함을 신고, 안개 그치고 햇살이 따가운 산길을 나섰다. 부족하나마 약간의 여관비를 치르고 어제 내려온 길로 걸어서 정맥의 마루금을 찾아 산길로 접어들었다. 산

아래 밤나무 밭을 지나 희미한 옛 산길을 붙들고 가다, 마침내 흩어져 버린 산길은 묻히고 아침부터 길을 찾아 또 위로 위로만 오른다. 대개 길 찾는 대안은 능선이 있을 방향으로 꾸준히 오르는 것이다. 산 능선에는 길이 나오고 좌우로 방향만 잡으면 종주 길은 만나기 마련이었다. 소나무 사이에 쳐진 거미줄을 걷어내며 20여 분 만에 빨간 리본이 길을 안내하는 정맥의 품속으로 들었다. 오름이 끝나자 길은 평이하게 소나무 숲속으로 나아갔다. 동행한 아우가 시계를 찾는다. 가게에다 드고 왔단다. 전화를 걸어 확인해도 찾을 수가 없었다. 찾길 포기하고 한차례 솟아져 내려가다 참나무가 산길을 온통 자리한 그늘에 앉아 땀을 식히고 다시 전화를 걸어 확인을 하니 못 찾았다고 다음에 나오면 창원으로 연락하겠단다. 천천히 주머니에 손을 넣어 확인하라고 일러도 손으로 위에서 아래로 썩 쓸어내리고 만다. 그러더니 한 손을 호주머니 속으로 집어넣어 보더니 시계를 끄집어내고는 어이가 없다는 표정을 짓는다.

"허 참, 우리말에 아이 업고 아이 찾는가는 말이 있네. 이를 두고 하는 말일세. 이런 어리석은 사람 보거나. 어서 가게에 시계 찾았다고 전화를 넣어 주게!"

　덕산을 지나고 떡고개를 지나 송전탑부근까지 나는 어떻게 갔는지 모르겠다. 지도도 없고 지형도 모르는 산길을 오직 앞만 보고 리본만 보고 갔었다. 길은 임도를 따라 가드니 그만 어디로 가야 하는지 알 수가 없었다. 산세를 보니 좌측으로 흘러 내려온 것 같아 인도를 버리고 다시 우측 능선으로 길을 찾아 올랐다. 역시 종주 길은 그곳에 있었다. 이제 다시 리본으로 이어진 성지산 가는 길은 아주 낮고 쉬운 숲길을 언덕처럼 능선을 타고 걸었다. 길 옆에 가끔씩 보이는 두릅 새순을 꺾으며 휘파람을 불며 한량없는 길을 걸었다. 성지산(392.9m)을 지나고 철쭉 밭과 암릉을 지나 장발고개 철탑 아래로 내려섰다. 우린 어제의 충분한 휴식으로 걷는데 이력이 붙어서 계속 전진 전진을 하여 백운산으로 향했다. 제일목장을 거슬러 지났다. 사실 백운산을 오르는 가파름은 대단한 것이었다. 다만 그 길이 길지 않아서 다행이지 그렇지 않다면 한숨에 오르기는 어려운 코스였다. 한낮의 더위에 땀으로 뒤범벅이 된 상태로 정상에 오르니 확 트인 조망이 나오는 정상이었다. 오늘 6시에 기상하여 9시에 배치고개 출발하여 지금 2시간 만에 백운산을 올라섰다. 남쪽으로 바다 같은 대가 저수지가 저 멀리 연무 속에서 아른거리고, 동남쪽으로 고성의 남녘 산들이 보였다. 벽방산, 거류산, 구절산이다. 큰재로 내려선 시간은 11시 반이었다. 무명봉으로 오르는 가파름 또한 한차례 기운을 빼고 오르니 12시 반이고, 578봉에서 1km 소나무 숲속 오솔길을 가면 고성의 진산 무량산이 나왔다.

가는 길에 만난 선 돌문을 지나니 바로 큰 동백나무만 한 하얀 철쭉이 분홍빛 속치마를 받쳐 입고 마중을 나왔다. 돌문을 들어서니 꽃밭이라 참 묘한 어울림이구나! 그 신기함에 취하여 배고픔을 달래며 무량산 정상을 밟으니 2시에 다 된 늦은 점심시간이었다. 무량산無量山이란 그 그릇이 커서 무량이니 보기에 어머니 젖무덤 같기도 하고 바라를 엎어 놓은 순하고 차분한 흙산이었다. 고성오광대의 탈 모습이기도 하고 농부의 순한 얼굴이기도한 무량산에서 점심을 먹었다. 정상석에는 "고성인의 기상 여기서 발원된다." 많이 듣던 소리인데, 아! "한국인의 기상 여기서 발원하다."라는 지리산 천왕봉에서 따온 말이다. 사방이 다 내려다보이는 무량산 한쪽에서 싸 온 점심을 먹고 나니 아우는 그늘진 바위 아래서 단잠이 들었다. 나는 자는 이를 깨울 수가 없어 건너 산

아래 개울을 바라보며 가없는 시간의 길이를 재고 있었다. 꺼내 둔 과자 하나를 집어먹고 아우를 깨웠다. 단잠을 자는 이를 깨우는 것이 아닌데 그날 난 어인 심사로 그만 아우를 불러 가자고 채근했다. 아우는 부스스 일어나서 우리는 길을 찾아 나섰다.

올라온 반대편 좌로 길이 있어 보여 좌로 내려서니 길은 끝이 났다. 다시 리본이 아주 희미하게 몇 개가 보이는 길을 따라 내려가니 길은 있었다. 그러다 한참을 내려가도 리본은 아니 보였다. 차마 계속 저 아래로 내려갈 수가 없었다. 그러나 내 짧은 생각이 정상에서 좌측으로 내려가는 길이 맞았나 보다 하고 한껏 내려온 길을 다시 올랐다. 정말이지 가파름이 심하여 오르기에 힘이 부치기 시작했다. 두 번째로 무량산을 밟았다. 건너로 좌로 우로 길을 살피고 좌측으로 길이 있음직한 곳으로 다시 내려가 보았다. 길은 어느 쪽으로도 보이지 않았다. 여기저기 하나씩 썩어 가는 리본들을 다시 풀어 우리가 앞서 내려갔던 길로 다시 내려가야 한다는 확신으로 리본들을 그쪽으로 모아서 달았다. 그나마 다시 길이 보이는 곳은 그곳 한 곳 뿐이었다. 이제는 확실하니 좌우 살필 것도 없이 진달래 숲 사이로 반듯한 길을 따라 다시 솟아져 내

렀다. 얼마나 내리막길을 뛰었을까? 그만 넓은 지역으로 내려서
니 길이 없어졌다. 그러나 어쩔 수가 없었다. 우린 자꾸만 길도 아
닌 비탈길을 내려가다 문득 저 아래 하천이 보였다. 저수지 둑도
보였다. 정맥은 저 지리산까지 절대로 하천이나 내를 건너서는
안 된다. 그런데 이 길을 계속가면 우린 저 개울을 만나고 말 것이
다. 어쩔 것인가 내려가서 하천을 따라 올라갈 것인가? 아니면 다
시 능선을 찾아 올라설 것인가? 하천의 흐름을 보니 좌로 가야 정
맥을 만날 것이다. 우린 내려가다 말고 게걸음으로 산중턱을 헤
치고 나아갔다. 희미한 옛길이 묻혀 있었다. 그러나 길은 어느 계
곡 속으로 사라지고 또 다른 산 주름을 잡아야 했었다.

아! 정말 길도 산도 물도 이제는 아무 것도 보이지 않았다. 내려
간다면 쉬이 갈 수가 있다만 종주 길은 어이하고 내려간단 말인
가? 나는 그만 주저 않았다. 더위에 땀도 흐르지만 전에 김해 진
래 땅 어디에서 황새봉을 찾아서 헤매던 기억이 났다. 그때도 주
저 않아서 결국 올라서지 않고 버티다 길을 바로 찾은 적이 있었
다. 무슨 지령이 온 것처럼 나는 안내문을 그때서야 꺼내 읽었다.
지도는 처음부터 없으니 이 부산일보 낙남정맥 산행기에 의존하
기 것이 유일한 지침이었다. 여기서 그 글을 옮겨 보겠다.

　"정맥은 무량산을 내려와 대곡산까지 줄곧 남진한다. 일
행은 정상을 돌아 나와 진행방향에서 오른쪽으로 난 주릉
으로 재차 진입했다."

　여기에 적힌 한마디 한마디가 얼마나 중요한 문장인데 난 그동
안 근성으로 읽었던 것이다. 남진이라고 했는데 우린 북진을 했
다. 정상을 돌아 나오라고 했는데 우리는 정상을 넘어가 버렸다.
그리고 진행 방향에서 오른쪽으로 난 주릉이라고 했는데 우린 진
행 방향에서 오른쪽으로 난 주릉을 찾지 못하고 그냥 건너서 아래
로 내려가기만 했으니 글대로 이행한 것은 아무 것도 없었다. 아!
아뿔싸 이제야 알겠구나! 길은 되돌아 나가는 게 열쇠인데 우린
설마 이 무량산이 종주능선에서 빠진다고는 꿈에도 아니 생각했
던 것이었다. 이제 알았으니 다시 올라야 한다. 어쩔 것인가? 아
무리 멀어도 다시 가야지 이걸 멀다고 생각하고 귀찮다고 여기면,
어찌 아직 반이나 남은 낙남정맥을 어이 탄단 말인가? 두말도 필
요가 없었다. 아우에게 일러 다시 오르자 하고 왔던 길은 버리고
그냥 산의 꼭대기 무량산 정상으로 돌격 앞으로 했다. 그러나 그
길이 내려온 시간을 재면 상당한 거리일 것이나 우린 이럴 때 숨

　　　　　　　　　　　　　　　　　　　　　　　　그리운 영신봉

거 둔 힘이 솟는 기질이 있는 천부의 산꾼인 것이다. 정말로 단숨에 간첩의 특공대처럼 무량산 정상으로 내다 달렸다. 무량산 정상에 다시 올랐다. 세 번째로 올랐다. 점심 먹고 3시에 출발하여 4시 반이 되었으니 한 시간 반을 무량산 정상을 두고 맴돌고 있었다. 시쳇말로 알바를 뛰었다. 이 얼마나 기가 찬 일인가? 아직 가야 할 길이 천 리 길인데 오늘 이 무량산 안에서 빙빙 도는 짓을 분명히 누군가가 시키고 있다는 생각이 들었다. 산신령이 우릴 가지 못하게 부처님 손바닥 안처럼 데리고 놀리고 있는 것이다. 이렇게 시간을 버릴 줄 알았다면 아우가 단잠을 자는데 깨우지 말았어야지 나는 아우의 잠을 깨워 채근했던 일을 되뇌고 있었다. 입 속에다 무량산 욕을 잔뜩 담고, 무량산은 왜 이 글에다 진산이니 어떠니 적어 두어 사람을 헷갈리게 만드는지, 그놈의 무량산이 어떠니 저쩌니 하면서 되돌아서 하얀 철쭉꽃 모시 적삼을 다시 보며 선 돌문을 나왔다. 정말 남으로 갈라지는 리본이 총총히 붙어 있고 길은 아래로 내려가면 되었다.

산판길을 지나 벌목현장을 지나 이장한 몇 기의 무덤군을 지나 우측 숲속 길을 내려서니 철조망이 길을 막고 있었다. 아무리 살

퍼도 철조망 밖으로는 길이 없었다.

　하는 수없이 철조망을 위로 통과하여 목장 안으로 난 도로로 내려서 철조망의 대문을 밀었다. 문은 잠겨 있었다. 이번에는 아래로 통과하여 사슴목장 이정표가 붙은 마장재에서 우린 결심을 해야 했었다. 시간은 어느덧 5시 반이었다. 여기서 또 산으로 오르면 다시 길을 만나야 하고 아무래도 두 시간은 걸어야 할 것인데 그때 목장에서 모터카로 남자 한 명이 오고 있었다. 옳구나, 저분에게 물어보자. 인사를 하고 어디로 가야 버스를 만날 수가 있느냐는 질문에 그는 우리에게 화부터 내었다. 이유인즉 왜 철조망을 넘어 목장 안으로 들어왔느냐고 따지는 것이다. 길이 없으니 길을 따라 들어왔노라고 하자. 길은 철조망 밖으로 있다는 것이다. 자꾸 실랑이를 해 본들 시간만 갈 것이고 잘못했노라고 사과를 하자 길을 알려 주었다.

　이 목장 도로 따라 고성으로 가라는 것이었다. 얼마나 가야 하는지 알 수도 없지만 가기로 했는데 길면 어쩌고 짧으면 어쩔 셈인가? 그냥 저물어 가는 계곡을 내려가는 도리밖엔 없었다. 물도 떨어졌는데 냇물이라도 만나면 좋으련만 산모롱이 한 구비 돌아

　　　　　　　　　　　　　　　　　　　　　그리운 영신봉

가니 망치 소리가 들린다. 아래로 절 지붕 한 조각이 숲에 묻혀 보이고 망치 소리가 들리니 절이 있나보다. 아우는 절을 짓고 있다고 예언을 했다. 정말 황토로 벽을 올리고 황토로 굴뚝을 올린 황토 절이 나왔다. 대웅전과 부속 건물이 거의 완성된 관음정사라는 절이 있었다. 절 가기 전에 맑은 샘어 물이 철철 흘러 넘쳐 내리었다. 더운 기운을 식히고 맑은 샘물을 마시니 무량산의 고생도 한갓 부질없는 일진一塵같이 여겨졌다.

길 위로 스님 한 분이 흙을 퍼서 나르고 계셨다. 버스길을 물으니 한 시간은 가야하니 들어와서 차 한잔 마시고 가라고 두 번씩이나 청한다. 갈 길이 멀고 바쁜 몸이지만 두 번씩이나 청하는 일을 거절할 수가 없었다. 아우 얼굴을 한컨 쳐다보고는 스님 옆으로 가니 스님은 하던 일마저 하고 들어 갈 테니, 법당 아래 건물에다 차 마실 물 끓여 달라고 보살에게 소리를 쳤다. 우린 스님을 따라 스님 방으로 안내되어 들어갔다. 방은 아주 고풍이 나고 난초 한 분, 나무 목각하나, 책들과 다기가 책상 옆에 놓여 있었다. 스님은 사과와 참외를 들고 들어오셨다. 어느 것을 먹을 것인가? 나는 둘 다 먹고 싶었다. 사실 나는 사과를 좋아하지 참외는 좋아하

지 않는다. 아우는 참외를 더 좋아한다. 스님은 둘 다 깎아 먹게
해 주었다.

　법명이 慈恩이라 자은! 자은! 자은!이라. 키가 작고 맑은 눈을
가진 그는 잔잔한 미소를 마주 앉은 동안에 계속 품어내고 있었
다. 그는 화엄종도 천태종도 아닌 개인 절을 짓고 있었다. 저 젊은
보살이 부인인가 보다. 그는 수도하는 절의 중은 아니나 부처님
의 가르침을 실천하는 생활불자 같은 분이었다. "자유로운 상태
를 기원한다." 이 말이 그의 마음에 숨은 모든 뜻인 걸 느꼈다. 법
정 스님의 생활을 아는지 물었더니 그분이야말로 가장 선택되고
행복한 아니 행운아라고 한다. 그보다 더 자유로운 삶을 사는 자
가 없다는 것이다. 누구나 그런 삶을 살 수는 없다고, 내가 법정을
부러워하는 것보다 더 부러워하고 있었다. 그는 가장 자연인이
되고픈 사람 중에 한 사람이었다. 차를 마시고 있는 중에 보살이
자꾸 건넌방에서 눈치를 준다. 농담 삼아 그는 보살이 자기 상전
이라고 말을 하면서 하던 일을 마저 해야 하는데 시간이 되면 저
녁을 같이 먹고 보살이 마산까지 차로 가야 하니 같이 가지 않겠
느냐고 하며 그렇게 하자고 또 졸랐다. 나는 그와 같이 있는 게 좋

　　　　　　　　　　　　　　　　　　　　　　　그리운 영신봉

왔다. 그리고 여기서 한 시간이나 차도를 따라 고성까지 걸어가야 하지 않는가. 지금부터 자은 스님을 따라 우리는 저녁 밥값을 하자! 아우와 나는 헌 장갑을 얻어서 밭으로 나갔다. 고추 모종과 오이 모종을 넣고 흙도 나르고 물도 주고 할 일은 많았다. 나는 잘하지는 못해도 신이 났다.

밭이랑 너머로 산새들이 지저귄다. 해는 어느덧 정맥의 뒤로 넘어가고 산그늘이 밭고랑에 덮었다. 스님도 신이 났다. 혼자 하면 힘들 일을 농부가 두 명이나 생겼으니 신이 나는지 노래를 부른다. 그도 나도 이제는 중생이고 형제이다. 노래를 따라 부르다 물었다. 어쩌면 이런 산속에 이런 자리를 차지하고 자연과 더불어 살 수가 있는지 하고, 스무 살에 공부를 시작하고 마흔에 하던 일을 완전히 정리하고 절 생활을 하여 마치 이곳은 그를 위해 자리를 남게 둔 곳이라 아주 만족해하고 있었다. 그와 나는 자연에 종사하고 자연 속에 삶을 사는 뜻이 통하는 사이였다. 그는 아주 편안하고 즐겁게 살고 있었다. 나이보다도 건강하고 젊었다. 아이가 있다고 하였다. 마산에 산다고 그래서 보살은 마산과 고성을 왔다가 갔다가 하는 생활을 한다는 것이다.

그 넓은 밭을 모종으로 다 채우고 나니 손발이 옷과 얼굴은 모두 흙 모습이요, 농부가 된 얼굴이었다. 샘으로 가서 다 털고 씻고 하는데 샘가에는 모기가 어둠 속에서 우릴 공격했다. 그러하지 모기도 우릴 필요로 한다고 하니 이 얼마나 값진 육신이냐? 내 몸이 어느 생물의 보시가 되고 나도 또 다른 생물의 몸 보시를 받고 사는 이 지구의 생태계와 먹이사슬에 말이다. 지금 이 세상은 공해와 중금속 오염과 흙의 죽음으로 생물이 죽어 가니 환경파괴가 극에 달하고 있다. 그리고 말로는 환경보호 공해방지하고 떠들어도 이는 공염불이요, 뜬구름 잡고 있는 상태이다. 우리는 알고 이를 실천해야 한다. 무얼 알아야 하느냐고? 우리는 산업화를 더 이상 진행하지 말아야 한다. 삶은 먹이를 해결하고 근심을 없이하고 즐거이 하는 것이다. 그중 먹이 문제가 제일로 심각하다. 농사는 다수확을 위해 비료와 농약으로 다수확은 왔지만 그로 인해 토양과 미생물이 다 죽었다. 다수확은 인구의 증가에서 기인했다.

난 이런 생각을 한다. 이 지구에서 먹이 사슬의 가장 위에 있는 사람이 이렇게 많으면 이제 멸망하지 않고는 방법이 없다는 것이다. 피라미드 구조에 사람은 가장 적게 살아야 한다. 그래야 생태

계와 먹이 사슬이 안정되는 것이다. 인구가 많으니 다 수확이 필요하고, 비료와 농약을 사용하고 이는 더욱 토양과 미생물을 죽여 우린 결국 자멸의 길로 가고 있는 것이다. 다음은 인간이 먹는 음식을 줄여야 한다. 사람 수가 많으니 나누어 먹어야 하고 아껴 먹어야 한다. 그래야 음식 쓰레기도 줄이고 생산량도 줄일 수가 있다. 다수확이란 다른 생물이 먹을 것을 인간만 먹으려고 만든 조작이다. 벌레도 먹어야 하고 새도 먹어야 한다. 그놈에게는 주지 않으려고 하는 작업이 농약이요 비료이다. 자연은 아주 공평하다. 비료는 결국 땅을 산성화하니 일시적으로 다 수확이 가능하다. 오랜 후에는 아주 생산을 하지 못하도록 만들어 버린다. 우린 이 자연의 그 오묘한 섭리를 알고 배워야 한다.

산업화는 결국 편리를 추구하는 것이지만 물질의 노예로 만드는 것이요, 삶의 시간을 소요하게 하니 인생의 낭비가 바로 생필품의 생산이다. 마크 트웨인의 말을 인용하면 "문명이란 사실 불필요한 생활필수품을 끝없이 늘려 가는 것이다." 문명화되면 행복이 오느냐? 선진국일수록 행복의 지수가 낮다는 통계가 있다. 방글라데시나 인도네시아에는 높은 행복 지수가 서구 유럽에는 없다. 문명은 공해를 가져오고 생산을 위해 우리의 시간을 다 빼앗아 간다. 그런데도 우린 산업화 근대화를 외치고 산다. 왜냐고? 많이 먹기 위해서다. 먹잇감을 수입해야 하는데 외화가 필요하니 수출을 위해 산업화가 일어나야 하지 않는가? 이 모두가 인구 증가가 가져다준 결과이다. 인간은 다른 동물처럼 종족 보존의 본능을 가졌다. 그러하니 기회가 오면 자손을 퍼뜨리고 그 결과 인구는 기하급수로 폭발한 것이다. 이 지구의 인구가 얼마인가? 이게 사람 수란 말인가? 그렇게 많은 게 사람이라면 우린 저 소, 돼지와 같은 먹이를 먹어야 한다. 인간의 음식을 먹을 자격이 없어졌다. 인간이 인간이 되려면 수를 줄여야 한다. 우리는 먹이 사슬의 상부에 있으니 말이다. 산행기에 환경과 인류학이 나왔구나.

저녁 밥상은 아주 진수성찬이었다. 나에게는 말이다. 절 밥이란 대개가 나물과 김치가 전부인데 절을 짓는 인부 몇과 같이 밥상을 차렸는데 된장에 싱싱한 야채와 물김치 봄나물 그리고 장어 국과 잡어 회까지 올라왔다. 소주가 있고 매실주가 올라왔다. 스님과 나는 가장 오랫동안 천천히 밥을 비우고 그 국과 찬들을 맛있게 먹었다. 술맛이 얼마나 좋은지 내일부터 이틀간 다시 낙남정

  그리운 영신봉

맥 고성 사천구간을 가야 하는데 내려온 곳으로 다시 올라야 하니
그 절에 들려야 한다. 내일 가 보고, 비도 온다는데 아우를 설득하
여 하루쯤 관음정사에 머물며 농사도 짓고 술도 마시고 스님의 이
야기도 들었으면 좋겠다. 그날 저녁을 먹으면서 나눈 이야기 중
에 무량산을 꺼냈다.

"저 무량산은 정말 진산이고 명산입니다."

내가 이곳에서 스님이랑 같이 밥도 먹고 술도 마시고 이곳을 들
릴 수가 있도록 정맥을 오늘은 그만 가라고 세 번이나 무량산은
붙들고 있어 주었다고 말이다. 무량산이 그냥 우릴 보내 버렸으
면 틀림없이 우린 사슴목장을 지나 대곡산으로 넘어갔을 것이니,
어찌 관음정사를 알고 자은 스님을 만날 수가 있었겠느냐? 붉어
진 얼굴에 보살님이 태워 주신 차로 마산으로 되돌아오니 9시도
지나 있었다. 돌아오는 차 속에서 보살에게 신표를 하나 주었다.
내 주머니에 두 톨 남은 수세미 씨앗이었다. 미끄러운 씨앗은 산
행 중에 다 흘러 버렸고 꼭 두 알만 남았다. 그중 한 알을 절 밭에
심으라고 주었다. 그게 무슨 신표이며 정표일까 마는 수세미 한
알이 살면 수십 개의 수세미가 열리고 또 수세미를 사용하여 환경
보호를 홍보할 것이니 얼마나 좋은 선물이냐! 내일 고성 사천구

간산행으로 이어지니 다시 그곳으로 가야 한다.

자은 스님도 만나고 관음정사 절도 본다. 그리고 대자연을 만나
니 무엇보다 기쁘다.

2000. 06. 02.

4.
고성 마장재에서 사천 부련이재까지
(유랑 삼아 갔다가 부처님 손바닥에서 놀다 온)

(2000년 6월 3일 – 2000년 6월 4일)

- 2000. 06. 03. 고성군 대가면 연지리에서 영현면 봉발리 배곡재 발산마을까지

- 2000. 06. 04. 고성군 영현면 봉발리 배곡재에서 사천시 금곡면 돌장고개까지

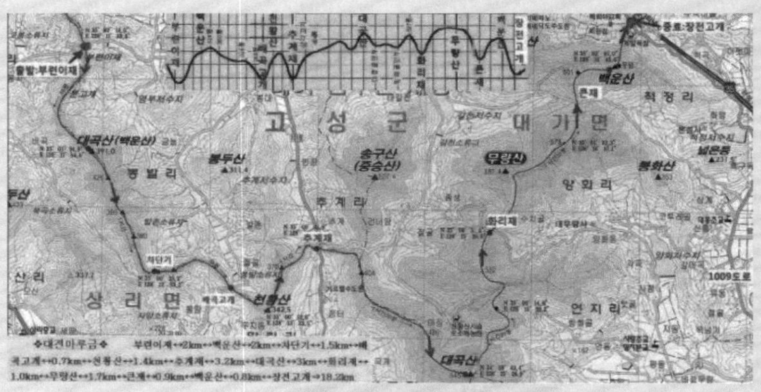

고성 무량산 – 영현면 배곡재

고성군 대가면 연지리에서
영현면 봉발리 배곡재 발산마을까지

비가 온다고 한 토요일이라 정맥종주를 떠나는 날 마음으로 가볍게 가볍게 생각을 하며 집을 나섰다. 전날 늦은 모임으로 잠도 설쳤고 또 지난번 가 보았던 관음정사의 자은 스님도 만나 설법 동냥과 식사 동냥이라도 하면 좋겠다. 내심 일기예보가 들어맞아 비라도 와 주면 하루 정도 절에서 놀다가 다음 날 떠남도 좋겠다 싶었던 날이었다.

5시 좀 넘어 일어나 도시락 싸고 아침 먹고 마산 서부 시외버스 터미널에 7시에 도착하여 고성으로 갔다. 8시경에 고성에서 대가면 연지리 관음정사까지는 만 원에 택시로 갔다. 절에는 청년 한 사람만 절을 지키고 스님도 보살도 없었다. 오라는 비도 아니 오고 주인 없는 절에서 그냥 피곤한 심신으로 한 시간 가량 아침부터 절 방에서 잠을 잤다. 황토방의 바닥은 따뜻하였다. 10시에 마장재 사슴농장의 철조망 왼쪽을 따라 대곡산으로 오르는데 햇살은 없으나 무더운 습기가 사람의 기운을 다 쏟게 만들었다. 땀을 비 오듯 흘리며 한 20분 오르니 시야가 확보되는 대곡산 정상에는 자운영 꽃밭이 나왔다. 엉겅퀴와 자운영과 유월의 칡넝쿨이 무성한 정상에는 한 자락 바람이 불어와 더운 기운을 식혔다. 진달래 철쭉이 진 산에는 하얀 종 모양의 꽃송이를 단 이름 모를 나무가 꽃송이를 길섶에 떨어뜨려 산행의 고달픔을 달래 주는 산행이었다. 해무가 남녘에서 묻어나는 산의 시야는 부연 가스가 숨막히는 유월의 무더위라 우리는 준비한 식수로 땀을 식혔다.

대곡산(542.9m)은 낙남정맥의 제일 남단에 있다는 산이다. 고성의 무량산군 중에서 정맥에 위치한 산이며 시야가 좋아 고성 들이 내려다보이는 산이었다. 여기서 낙남정맥을 종주 하면서 몇 번이고 강조해도 모자라는 비법은 바로 리본을 계속 확인하면서 가야 하고 특히 산 정상이나 길이 갈라질 가능성이 있는 곳에서는 반드시 리본을 확인하여야 하지 그냥 길이 보인다고 들어서면 낭패를 볼 수도 있다. 우린 이 비법을 가끔씩 잊어버리는 바람에 이번 산행은 정말 헤매고 찾고 돌고 도는 부처님 손바닥에서 놀다온 종주 길이었다.

한차례 바람을 맞고 시들어 버린 철쭉의 꽃자리에 눈길을 주며 산정을 넘어 내려가다 평탄한 길을 걷다가 사슴목장의 철조망을 빙빙 돌아 과히 200만 평이나 된다는 그 큰 목장을 다 돌아서 조선시대 병조참의를 지낸 인동 장씨 묘에서 땀을 식히며 과일 한 알을 먹었다. 주위를 감싸는 세 개의 자연석 바위가 지키는 묘지는 정맥의 기를 껴안고 있었다. 작은 산을 내려서 걸어가다 줄 딸기가 무리를 지어 익어 가는 숲에서 딸기의 시큼한 맛에 잠시 취하고 내려서니 11시 30분에 작은 재(추계마을과 종생마을 연결하는 재)가 나왔다. 고개 위에서 좌우로 살피니 건너 산 위로 길이 보였다. 그러나 재의 좌우로 내려가 보아도 리본은 없었다. 그러나 추계고개를 지나면 천황봉이 나온다고 했으니 이제 천황봉으로 가는 거야 하면서 그 40도나 되는 오르막을 숨이 차게 올랐다. 마치 길은 바른 산행길이나 리본이 아니 보여 의심을 하고 가는데, 노오란 리본이 하나 길옆에 붙어서 정맥 길임을 확인시켜 주었다. 정상에는 나무 가지가 세 개가 솥의 다리를 거꾸로 앉은 형상의 노송이 풍채 좋게 정상을 지키고 있었다. 가쁜 숨을 쉬면서 누워서 하늘을 올려다보니 호랑나비 한 쌍이 하늘에서 술래잡기를 하느라 얼마나 열심히 원을 그리며 돌고 있던지 쳐다보는 내 머리가 빙빙 돌 지경이었다. 오랜만에 보는 호랑나비였다.

내 생각에 조금 더 가면 천황산이 나올 것이니 그곳에서 점심을 먹도록 하자 싶어 능선을 따라 산을 넘어 내려갔다. 그러나 길은 어느덧 묻혀 보이질 않았다. 아무래도 길을 잘못 들어선 느낌이었다. 우린 되돌아 나오기로 했다. 돌아 나와 삼발이 소나무 아래서 점심을 먹었다. 식사 후 13시에 출발하여 추계고개로 되돌아 내려왔다. 돌아와서 지도를 보니 이곳은 송구산이었다. 우린 송구산을 천황산이라고 잘못 알고 있었다. 소나무 위로 올라 지나온 길을 되짚어 보고 종주기를 읽어 보니 인동 장씨 묘에서 오른쪽으로 돌아가라고 했으니 아무래도 저 아래 추계고개에서 좌측 능선 그러니 동쪽 능선인가 보다 하고 우린 추계고개에서 되돌아 오르는 대신 고개를 넘어 동쪽으로 내려갔다.

저 멀리 정맥으로 오르는 임도가 보이니 저곳으로 가면 리본을 만나고 정맥의 품으로 들어가리다 하고 밤나무 과수원 길을 횡단하여 계곡으로 내려가 포고버섯을 한 움큼 따고 마른 개울을 건너 임도로 올라섰다. 흐렸던 하늘은 초여름의 뜨거움으로 산천은 신열을 앓는 듯, 숲과 풀은 더운 김을 풀풀 내면서도 부지런히 생육의 몸부림을 치고 있었다. 임도에 늘어선 꿀벌 통에는 부지런한 벌들이 윙윙거리며 통 입구에서 삶의 나래짓을 하는, 온 삼라만상은 생의 노래를 부르는 계절이었다. 저기 산허리 계단 논에도 농부의 모내기가 지친 허리를 세우는 유월은 죽은 귀신도 일어나서 일하러 나간다는 철이기도 하다. 나도 어제의 고단함을 잊고 입에서 단내가 폴폴 나도록 산을 걷고 있었다.

어느 곳, 어느 마을을, 어느 쪽으로도 모르고 우린 길을 걷고 있었다. 저 산에는 정맥의 길이 나오리라고 믿고 유월의 뙤약볕을 수건 한 장으로 가리며 짤록한 목장의 고갯길을 향해 걸어가는 길섶에는 산들바람에 흔들리며 피어나는 온갖 들꽃들이 눈 마중을 하였다. 그중에도 길가에 늘어선 엉겅퀴의 붉은 꽃대궁은 아름답다기보다는 처연한 모습이었다. 엉겅퀴는 햇살이 따가운 양지에 잘 산다. 그리고 가시가 돋아도 매섭지는 않다. 줄지어 늘어선 푸른 풀밭에 키 세운 엉겅퀴를 벗 삼아 가다 내려다본 길 아래 개울의 늪에는 철늦은 찔레가 하얀 꽃송이를 머리에 한가득 이고 피어나고 있었다. 바람에 실려 오는 찔레꽃 향기를 맡으며 또 길을 가다 이제는 그 늪의 가장자리로 넓게 군락 지은 갯버들나무의 숲을 보았다. 그들은 마치 성곽을 세운 모습으로 내를 따라 길게 늘어서 있었다.

어느덧 시간은 2시를 지나고 우린 어느 농장의 샛길로 들어서야 정맥으로 갈 수가 있었다. 농장입구에는 한 오백 년은 산 것 같은 우리 세 아름은 됨직한 소사나무 한 그루가 동구 밖 느티나무처럼 서 있었다. 근처 목장에서 목장 일을 하는 사람에게 길을 물었다. 정맥으로 이어진 길은 맞았다. 그러나 우리가 가고자 하는 지리산 방향과 그들이 말하는 지리산방향은 반대였다. 그러니 우리는 방향은 완전히 잃고 있었던 것이다 남과 북이 머리에서 거꾸로 돌고 있었다. 사나운 세퍼트가 주인 곁에서 우리를 노려보니 그 기세에 눌려 제대로 물어보고 알아볼 요량도 없었다. 순간 이런 생각이 들어 혹시 하며 물었다.

“저 고개를 넘어 내려가면 관음정사라는 절이 나오지 않아요?”

“산 뒤에 무량산이 있지요?”

아니길 바라면서 물었던 일들이 사실이 되고 있었다. 그렇다면 오른쪽이 바로 오늘 아침에 이 고개에서 10시에 시작하여 하오 2시까지 4시간을 걸어서 한 바퀴 돌아 제자리에 왔던 것이었다. 이 사슴목장의 정문에서 출발하여 후문으로 들어오는 게임을 했던 것이었다. 기가 차고 어이가 없지만 우리가 결정하여 온 길인데 어쩔 셈인가? 그나저나 우리가 가야 할 곳이 어딘지를 알아야 하지 않는가? 그렇다면 오전에 우리가 갔다 내려온 길이 맞단 말인가? 종생마을로 내려가 뒷산으로 올라가면 백운산이 나온다는데 우리는 다시 그 골짜기를 따라 왔던 길을 되돌아 종생마을로 가기로 했다. 마을에서 물어보면 알 수 있으리라. 왔던 길을 그것도 산길이 아니라 임도를 만든 신작로 같은 흙먼지 날리는 길을 되돌아가는 발걸음은 마치 패잔병의 모습이었으리라. 종생마을은 정말 심심산골 마을이었다. 마을에서 길을 물어도 산 이름 하나 제대로 아시는 분이 없었다. 다만 우리도 아는 우리가 지나온 무량산과 대곡산만 그들도 알았다. 그리고 우리 눈으로 보이는 산이란 종생마을 뒷산밖에 없었다. 추계고개에서 처음 올랐던 점심식사를 했던 산은 이미 갔으니 우리는 바로 다음 산으로 오르는 재로 길을 찾아가기로 했었다.

재로 올라가는 길을 물어 마을 뒷길을 오르는데 마지막 집 할머니께서 집 앞으로 나오셔서 다니면서 밥이나 먹었는지 걱정을 해 주셨다. 얼마나 고마운지 할머니 우리 점심 싸 와서 먹었습니다, 하고 말씀을 드리자 이제는 막걸리 한잔하느냐고 물었다. 그러면서 여기 농주 한 사발 마시고 가라고 권하신다. 내가 누군가? 이런 농주는 돈이라도 내어 놓고 마실 사람인데 권하는데 마다할 일이 없지. 할머니 집으로 들어갔다. 대문도 담도 없는 집이었다. 모내기를 하다 집에 잠깐 온 사이라며 농주 한 주전자를 걸러 내어 놓으신다. 안주는 텃밭에 서 있는 마늘을 몇 뿌리 집어 씻어서 내었다. 마당 한편에 앉아 농주 한 사발에 풋마늘 한 조각으로 마시는 이 맛이란 이 더위에 산길 논길 아니 걸어 본 사람은 모른다. 나는 마치 이제야 방랑 김삿갓 선생의 흉내를 내는 것도 같아 단숨에 두 잔을 내리 마시고 얼큰한 기분을 내어 보았다. 할머니께서는 일흔을 넘으셨고 아들 둘은 젊어서 잃어버렸고 딸 둘만 서울서 살고 있고, 할아버지도 젊어서 사별한 혼자 사시는 할머니였다. 우릴 만나니 혼자 사시는 외로움과 잃어버린 아들 생각에 가슴에 사무쳐 눈물을 훔치셨다. 몇 마디 말로써 위로를 해 드리고 갖고 온 사탕과 과자를 드리고 우린 뒷길을 찾아 산으로 올랐다.

땅에서는 풀포기와 어울려 더운 김이 찌는 듯 피어오르는 뒷동산 오르는 길을 가는데 여기저기 매캐한 연기가 오르기에 주위를 살피니 30대 후반의 아저씨가 풀을 베고 산을 정리하고 있었다. 그에게 우리는 낯선 사람이라 어딜 가는 길인지 물어 왔다. 아무래도 이 아저씨가 저 마을분들보다는 젊으니 물어보자 나는 그를 옆에 앉히고 담배를 권하자 아니 피운다고 하기에 소주를 권했다. 그리고 이곳의 산과 정맥길 그리고 사람 사는 이야기로 한동안 주고받았다. 정맥 이야기를 해 주자. 새삼 그런 의미를 알았노라고 하면서 이곳에 농장을 만들고 있다고 했다. 이곳이 그의 고향이나 지금 고성에서 살면서 시간 나면 들어와 조금씩 일을 하여 염소도 먹이고 나무도 심고 키우고 미래를 꿈꾸며 사는 사람이었다. 우리가 지나왔던 재는 여기서는 추계고개라고 부르고 우리가 점심을 먹었던 산은 분지산이고 지금 올라가는 재는 반재이재이고 올라갈려는 산은 봉화산이라고도 하고 송구산이라고도 했다. 우린 큰 착각을 하고 있었다. 마치 송구산이 백운산이라고 여기고 그곳으로 가고 있었던 것이었다. 만약 이 산이 백운산이 맞다면 낙남정맥의 산이니 산 너머로 흐르는 물은 남해바다로 가야 하고 종생마을로 흐르는 물은 진주 남강으로 흘러야 하는 것이다. 그러나 그의 대답은 아니었다. 송구산 분지산의 물은 어디로 흘러내리나 같이 모여 남강으로 간다는 것이었다.

아차, 나는 생각을 고쳤다. 그렇다면 이 산은 절대 정맥의 산이 아니다. 모두 정맥의 북쪽에 앉은 산이 될 것이니 정맥은 이보다 훨씬 남쪽 어디론가 가 버렸고 우린 정맥을 놓치고 북으로 들어와서 정맥을 찾고 있는 것이다. 아무래도 좋다. 반재이재로 가기로 했으니 올라가서 내려가면 추계마을을 만날 것이라는 믿음이 생겼다. 만약 반재이재에서 추계로 내려가는 길이 있다면 내려가리다. 길도 없는 재로 겨우 겨우 올랐다. 재에는 길이 없었다. 아무도 다니지 않는 산속이었다. 송구산으로 가는 걸 포기하고, 포기가 아니라 갈 필요가 없으니 다시 분지산으로 우리가 올랐던 그 가파름이 심하고 세 발이 솥발이 하늘로 솟은 분지산으로 거꾸로 올랐다. 없는 길을 헤치고 마루에 오르자 오전에 길이 없어 헤매던 곳이 다시 나왔다. 호랑나비 한 쌍이 하늘에서 춤추던 곳, 늙은 소나무가 멋지게 혼자 서 있던 곳을 우리는 지금 하루에 세 번을 지나가는 것이었다. 무슨 인연이 이토록 있어 이 산마루를 세 번이나 지날까? 나는 그냥 지나칠 수가 없어서 다시 주저앉았다. 그리고 파아란 하늘과 푸른 소나무 숲을 다시 쳐다보며 그만 가야 할 길이란 다 잊어버리기로 했다. 내가 갈려고 해서 갈 수 있는 길이 아닌 모양이다. 인도를 받아야 가고 갈 조건이 이루어져 있어야 가는 모양이니 우리가 허우적거리며, 아옹다옹 사는 일도 다 부처님 손바닥에서 헤매고 있는 손오공이 일이로다.

오늘 저 관음정사에서 천천히 자고 먹고 쉬었더라면 편히 갈 수 있었을 것을 하면서 우린 그 마루를 내려와 산딸기를 따먹었던 곳을 지나 인동 장씨 묘를 찾아 되가고 있었다. 그러나 그 산을 채 되오르기도 전에 삼거리를 만났다. 이 삼거리가 바로 우리가 길을 잘못 들린 삼거리이다. 그곳에는 리본들이 잔뜩 붙어 있었고 길은 서쪽이고 방향은 오른쪽이 아니라 왼쪽인 것이다. 부산 일보 낙남정맥 종주기에는 왼쪽으로 적어 둔 것이 우리에게 이런

   그리운 영신봉

실수를 하게 했던 것이다. 누굴 탓하랴! 지금까지 이 안내를 보고 잘 왔질 않았던가. 다시 요약하면 인동 장씨 묘지에서 10분 이내에 서쪽으로 90도 꺾이는 위치가 나온다. 그냥 아래로 직진한다면 추계고개로 내려가게 된다. 여기서 추계고개는 1008번 지방도로의 고개인 추계마을 고개와 다르다. 차가 지나가는 추계고개는 정맥에 있고 산길 추계고개는 정맥상의 길이 아닌 것이다. 우린 그 잘못 갔던 길을 나무를 줍고 꺾어서 막았다. 그리고 리본도 정리를 하고 서쪽으로 가니 산불 자리가 나오고 철탑도 나오고 진주 강씨 묘지도 나왔다.

1008번 지방도로에 도착하니 5시가 넘었다. 하루 종일 걸었던 일이 한두 시간 걸은 셈이 되고 말았다. 천황봉은 가야지 오늘 산행이 그래도 남을 일이라 바로 도로를 건너 산밭을 지나 올랐다. 재를 지나면 항상 산의 올라가야 하는 곳이 나오기 마련이다. 더운 김을 솟아내며 한동안 아무 말 없이 들은 산을 열심히 걸었다. 정말이지 몇 번을 올라가는 일인지, 320봉에 올라 마루에서 하늘을 보고 누웠다. 바람도 자고 한낮의 더위도 가신 6시였다. 정상에서 길은 직진이 아니라 남쪽으로 리본을 따라 가야한다. 10여

분 후에 대나무 깃대가 펄럭이는 천황봉에 도착하여 내려다보니 갈 길이 보이지 않았다. 리본도 표시가 애매하고 길은 직진과 서쪽으로 갈라져 있었다. 그래도 리본이 붙어있는 서쪽으로 내려가다 리본이 나타나지 않자 이제는 헛수고를 다시 할 수가 없으니 되돌아 올라왔다. 그러나 지도 한 장 없는 우리에게 시야가 없고 방향의 예고가 없으니 오직 리본의 안내를 받아야 하는데 리본이 없어졌으니 어쩔 것인가? 천황산을 아무리 맴돌아도 리본은 없고 하는 수없이 그래도 길이 반듯하고 방향 표시 리본이라도 믿고 가야지 다시 내려갔다. 얼마간 의심을 하면서 한 10여 분 내려가자 다른 길과 만났다. 아, 천황산에서 내려가는 두 길이 다시 이곳에서 만나니 리본이 나타났다. 다행이었다. 이제 6시도 넘었고 지금 또 다시 길을 잃고 헤맨다면 언제 마을에 갈지도 기약이 없는 일이 아닌가?

그러나 우린 어디에서 잘 것인가에 대한 걱정은 아예 없었다. 드디어 오늘의 목적지 절골재까지 왔던 것이다. 이곳의 이름은 배곡재라고 부른다. 고성군 상림면 망림리를 절골이라고 부르니 절골재라고 표시했는데 고개 넘어 고성군 영현면 봉발리에서는 이 고개를 배곡재라고 부른다. 봉발리의 발산이라는 마을로 내려가기로 했다. 이유는 산에서 양쪽 고개 아래를 내려다보니 절골 마을은 저 멀리로 마을이 보이고 봉발리 쪽으로는 마을도 보이지 않았으나 나는 북쪽 마을이 더욱 산중마을임을 알고 있고 보이지 않으나 멀지 않은 곳에 마을이 있다는 것을 저수지와 길 옆 고추밭을 보고 알았다. 해는 어느 덧 지고 골짜기를 따라 층계 논에는 모심는 사람이 보였다. 어스름이 밀려 내려오는 산골마을을 찾아 저수지 길을 구비 돌아 산모롱이를 내려오니 한낮의 더위도 한숨을 죽이고 찔레꽃 향기가 아스라이 피어나는 황톳길 산골짜기 길이건만 우린 가득 지친 몸에 어디든지 그냥 몸 맡겨 주저앉고 싶은 심정이었다. 경운기가 할아버지와 함께 우릴 태우러 들에서 길로 들어섰다. 아, 내려가지 말고 그냥 기다리자. 저 경운기 뒤에라도 타고 가자. 할아버지의 경운기는 우릴 태우고 가다 산언덕에 매 둔 염소를 데리고 내려와 우리에게 고삐를 맡긴다. 할아버지는 경운기를 몰고 우린 경운기에 타고 염소는 우리에게 붙들려 四色이 한 줄로 늘어서서 산길을 타고 털털털 으하하 하하 음매 음매 음매 하면서 길을 갔다.

　마을은 길에서는 보이지 않았지만 골짜기를 수직으로 내다보는 작은 골짜기 속에 숨어 있었다. 봉발리 발산마을이었다. 이 마을에는 60여 가구가 살았으나 지금은 30여 가구만 살고 있었다. 양씨, 김씨, 백씨 세 성의 집성촌으로 마을 이장도 세 성이 돌아가며 하고 있다고 했다. 마을의 모양이 팔자 모양이었고 마을 어귀 양쪽으로 느티나무를 심어 마을을 알렸다. 마을에 내려 마을 사람에게 물었다. 어느 할머니 홀로 사시는 집 소개를 부탁한다고, 그러다 어디 하룻밤 묵을 집 소개를 부탁한다고, 그러나 아무도 그런 집도 방도 없다고 했다. 우린 정말 그런 집이 없다고 믿었다. 설마 하니 집을 두고 방을 두고 재워 주질 않겠느냐고 생각했었다. 우린 먹을 것도 있고 침구도 있으니 잠 잘 곳만 빌려주면 된다는데 이런 곳도 없다고 하니 어쩔 수가 없었다. 몇 집을 돌다 포기를 하고 마을을 떠나가려니 아주 풍채가 좋은 아저씨가 논에서 바로 올라온 차림으로 만났다. 우린 산 이야기에 죽이 맞았다. 한동안 이 산 저 산 이야기를 하다 그만 날은 저물어 가고 있었다. 사실이지 우리가 이 마을을 떠나려면 어서 떠나야 했다. 조금이라도 어둡기 전에 떠나야 했었다.

　그러나 나는 이 마을을 떠나기가 싫었다. 이 마을에서 오늘밤

 　　　　　　　　　　　　　　　　　　　그리운 영신봉

자기로 했는데 아직 사람을 못 만났을 따름이지 이런 산골 마을이라면 하룻밤 묵고 싶은 곳이었다. 우리 사정을 다 들은 그 사람도 끝내 방이 없다고만 했다. 저쪽에 노인회관이 있었는데 그곳에도 아니 됩니까? 그곳도 고개를 흔들었다. 자기 집에 오늘 도회지서 아들들이 와서 방이 없어 난감해했다. 그리고 사실 그도 우릴 누구에게 소개시킬 만큼 우리의 신분을 알지 못하고 있었기 때문이다.

그런 차에 마을 중앙도로에 한 분이 내려오셨다. 아저씨는 그를 불러서 몇 마디 우리 이야기를 했다. 그 아저씨도 끝내 대답을 하지 않으셨다. 다만 우릴 자꾸 쳐다보며 안타까워하기만 했다. 우린 이제 더 이상 있을 수가 없었다. 인사를 하고 이제 이 마을을 떠나야만 했다. 떠나려고 인사를 하고 돌아서자 나중에 나타난 아저씨가 "정 그렇다면 우리 집으로 갑시다." 우리는 귀를 의심했다. 그래서 좀 망설이고 있으니 따라오라고 하면서 앞서 걸어갔다. 그리하여 우린 그 댁에서 하룻밤 잠을 잘 수가 있었다. 경남 고성군 영현면 봉발리 양영수 씨. 참 인연이란 게 있을까? 그 댁에 들어서니 아주머니께서 얼른 대답을 아니 하신다. 일단 들어와서 좀 씻으라고만 권했다. 우린 마치 도망자나 부랑자로 보였던 것 같았다. 들어가질 못하고 문밖에서 머뭇거리자 이제는 빨리 들어와서 씻고 저녁이나 먹어라 하신다. 그러고는 우리의 신분 파악을 위해 여러 가지 질문을 했다. 우린 들어가서 땀에 젖은 옷을 벗고 샤워장에서 몸을 씻고 나오니 밥상이 차려져 있었다. 그 아주머니께서는 일단은 식사부터 하고 잠을 잘 수 있는지 없는지는 추후 몇 가지 관문을 통과해야만 하다고 다짐을 했다. 난 그런 관문쯤은 통과할 자신이었다. 왜냐면 내 인생 철학에 이런 주관이 있기 때문이다.

"정직은 가장 좋은 방편이다. Honesty is best policy"

밥상을 받고 소주병을 꺼내니 아주머니께서 집에서 담근 칡술을 내어 놓으셨다. 여러 가지 시골 반찬에다 밥 한 그릇을 비우고 그동안 여러 가지 질문에 순순히 대답을 하자 아저씨께서 자꾸 민망하신가 보다. 이제 그의 문답은 끝나고 식사 후에 주민증을 맡기라고 하셨다. 주민증만 맡길 것이냐 간이라도 맡길 수가 있다면 맡길 것이다. 우린 각자 주민증과 자동차 면허증까지 맡기고

　　　　　　　　　　　　　　　　　그리운 영신봉

일찍 잠이 들었다. 아주머니 말씀이 혹 하는 생각에 자기는 오늘 밤 잠을 못 이룰 것이라는 것이다. 정말이지 미안했다. 우리 때문에 편한 잠을 못 잔다니 미안하지, 아니 그런가?

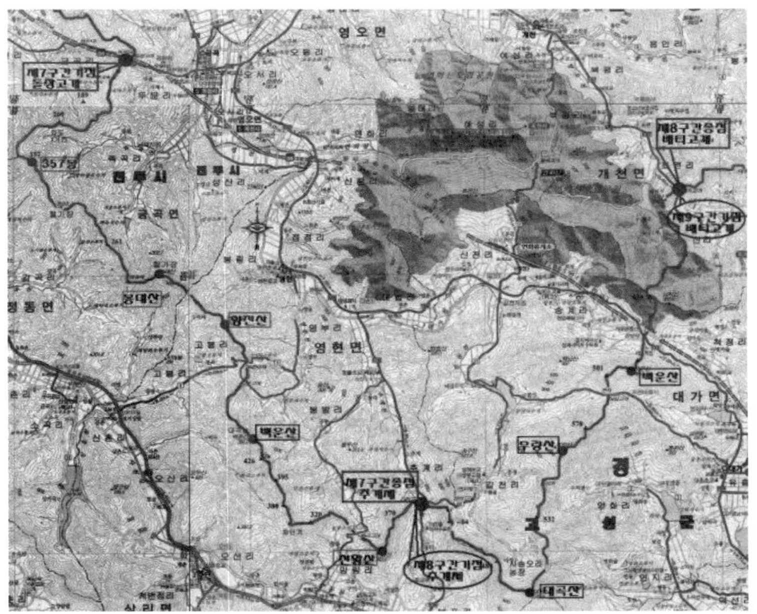

영현면 배곡재 – 사천 돌장고개

고성군 영현면 봉발리 배곡재에서
사천시 금곡면 돌장고개까지

우린 잠드니 아침이 밝았다. 벌써 시골은 날이 새어 일들이 벌어지고 있었다. 더 잘 수가 없었다. 6시였다. 일어나니 어제의 긴장도 다 풀어지고 의심도 다 녹았다. 참 나그네란 딱한 노릇이구나. 자기의 신분을 스스로 입증하지 못하니 인간사 어려움이 여기에 있구나. 이 세상이 그런 세상이 되고 말았다. 저 바보상자 텔레비전이 이 세상 인간을 서로 믿지 못하도록 선도하고 있다고 했다. 이 시골에 무슨 범죄가 오겠느냐. 테레비를 보면 사기꾼, 강도, 도적 그야말로 눈뜨고 코 베어 가는 세상이라고 믿게 된다고 했다. 우린 다음 날 아침도 아주머니께서 지어 주신 아침밥과 그리고 싸 주신 도시락을 받아서 나왔다. 음식 인심도 후하고 인정도 많으신 분들이셨다. 돌아와서 전화를 넣었더니 무척이나 반가워하신다. 그래도 우리의 시골, 산골 인심이 살아 있다는 것을 확인하고 왔다. 마을 앞을 지나 나오면서 풍채 좋은 백승래 이장 아저씨 댁으로 갔다. 작별 인사를 드릴 참이었다. 그는 이런 산중에서도 그림을 그리고 글씨도 쓰시며 분재와 나무 키우는 취미를 갖고 있었다. 나는 구판장에서 담배 두 보루를 사서 한 보루는 이장께 드리고 한 보루는 잠을 재워 준 양씨틀 드리고는 길을 떠났다.

6월 4일 동구 앞을 나와 어제 경운기 타고 내려온 길을 따라 배곡재로 7시 40분에 출발했다. 오늘 백운산과 부련이재로 갈 것이다. 배곡재(절골재)에서 서쪽으로 산길을 타고 올라섰다. 길은 약간 오름이 있다가 곧이어 그리 높지도 낮지도 않는 산길을 평이하게 걸었다. 아주 걷기도 좋고 찾기도 좋았다. 간혹 우측으로 임도가 나오기도 하지만 리본이 알맞게 우리를 안내해 주었다. 우리가 잤던 발산마을이 여덟 팔자 모양으로 앉아 있었다. 9시 30분에 산불이 나서 산마루가 다 타 버린 불탄 자리에서 피어 버린 고사리밭 속에 간간이 늦게 나오는 고사리를 한 주머니 꺾어 철탑에 도착하니 10시였다. 몇 개의 간헐적으로 나오는 산마루에서 간간이 더위를 식히며 어제의 헤매던 기억을 떠올리며 아주 조심스레 길을 찾아서 나아갔다. 드디어 백운산처럼 생긴 곳에 도착했다. 잡목과 떡갈나무가 가리어 산 정상인지 그냥 통과하는 산인지 높은 산인지 고만고만한 산인지도 모르는 곳에서 짐작으로 백운산이라고 여기고 10시 반에 지나갔다. 10시 50분 임도시설 고봉 영부지구 머릿돌이 새겨진 고갯길에서 고개바람을 맞으며 한동안 땀을 식혔다. 12시에 철탑을 지나고 10분 후에 또 철탑을 지나고 헬기장이 나오는 정상을 지나가다 먼저 지나간 산행 팀의 발자취를 발견했다. 아마도 2시간 이내에 이곳을 지난 흔적이었다. 12시 30분 또 다른 헬기장에서 직진하지 말고 리본을 확인하여 20도 방향인 북으로 돌려 내려가야 했다. 1시에 남쪽 사면이 민둥산인 비스듬한 정상에서 우린 점심을 먹었다. 식후에 길을 보니 직진이 아니고 40도 방향 그러니 북동방향으로 리본을 찾아 나아갔다. 그냥 직진했다면 또 어느 곳으로 갈지 모른다.

식후라 태양이 좋은 바람 부는 그늘에서 낮잠을 한 10분 자고 2시 50분에 또 헬기장을 지났다. 3시 45분에 진행 방향이 북에서 동으로 완전히 바뀌는 곳에서 리본과 길을 잘 찾아야 했다. 산정

    그리운 영신봉

이 넓어져 길이 갈래갈래로 어느 길이 정객 길인지 분간이 어려웠다. 3시 50분까지 계속 동으로 가다 까만 자갈이 임도에 깔린 곳으로 내려섰다. 자갈길을 따라 5분여 가서 임도 삼거리를 만났다. 동쪽으로 내려가는 길을 잡고 50m도 채 못 가서 우측으로 리본이 나오고 잘 살펴보아야 한다. 임도를 버리고 숲길로 올라섰다. 리본이 줄줄이 길을 열고 있었다. 자갈길로 내려서지 말고 우측으로 자갈길을 두고 숲길을 계속 갔다. 무덤 앞에서 직진하면 자갈길로 내려서나 이곳으로 가면 아니 된다. 무덤에서 동으로 길을 살피면 리본이 나온다. 계속 동으로 가면서 좌로 임도를 끼고 가다 이제는 임도는 어디로 저 혼자 가 버티고 우측으로 감나무 밭이 나오면 감나무 밭 돌담을 끼고 나아갔다.

리본이 나오면 리본을 찾아가라. 감나무 밭을 통과하면 또 숲길이 나오고 이제 북과 동으로 갈라지는 곳에서 리본을 확인하고 동으로 가다가 보면 가시밭길이 나온다. 우린 여기서 길만 보고 나아가다 그만 북으로 난 길을 놓치고 동으로 갔다. 그리하여 온통 가시덤불로 갈 길이 막힌 곳으로 눈으로만 여기고 정맥이라 생각하고 능선을 타고 갔다. 그러나 정맥 같은 능선은 이미 다른 능선이고 길은 없어졌다. 그러나 우리는 여기서 최대의 실수를 했었다. 리본이 없으면 돌아 나와야 하는데 우린 보이는 높은 언덕을 정맥으로 믿는 오류를 범했다. 그리고 온 얼굴, 손, 발, 다리 어디 하나 성한 곳이 없도록 가시에 찔리고 할퀸 몸으로 산돼지처럼 가시밭을 지나왔다. 밤나무 밭이 나와 한숨을 돌리고도 종주기를 다시 읽고 저 아래 보이는 자동차길이 부련이재라고 하면서 감나무 과수원을 나와서 살펴보니, 산 아래로 만나서는 안 되는 저수지가 동구만이 앉아서 우리를 기다리고 있었다. 이미 식수가 고갈 난 지는 오래 되었고 할퀸 몸이 따가우니 우린 저수지로 내려가 손과 얼굴을 씻었다. 우리가 가야 할 종주 능선은 건너 서쪽으로 해를 기대고 앉아 있었다. 이제 그 가시밭길을 다시 돌아갈 수도 없고 저수지를 건너 농장으로 가서 물이라도 먹고 오늘 산행을 그만두든지 다시 산으로 올라가든지 해야겠다하고 농장으로 들어갔다.

할아버지 혼자 계셨다. 엽차 두 잔과 매실주 한 컵씩 얻어 마시고 할아버지의 인생 이야기를 한동안 듣다가 할아버지 말씀이 부련이재로 가면 차도 못 타니 그만 저 아래 마을로 내려가라고 충고를 해 주셨다. 그 농장의 소재지는 진주시 금곡면 두문리 산 120번지 김윤갑 할아버지께서 사시는 집이었다. 진주 사범학교를 일제에 졸업하시고 교직생활 48년 6개월 동안 교장직을 28년 6개월을 하신 마산 분이셨다. 정년 후 이곳으로 오셔서 농장을 하신다며 따 둔 매실을 선물로 한 자루 주셨다. 나는 그 매실로 사천 내 아파트에다 소주 5대를 붓고 매실주를 담갔다. 그 술을 마실 적마다 가시에 찔리며 산길을 헤쳐 나온 두문리와 부련이재와 김 할아버지를 생각할 것이다.

할아버지와 헤어져 우린 감나무 과수원을 다시 올라 넘어왔던 산으로 다시 올라갔다. 몇 개의 무덤을 지나 능선에 오르니 해도 어느덧 사천만으로 빠지고 노을이 지는 여름의 저녁이 스멀스멀 밀려나오고 있었다. 이제 이 능선의 리본을 놓치지 않으리라 다짐을 했건만 10분도 채 못 가서 우린 또 리본은 놓치고 길만 붙들고 내려갔다. 우리가 진작에 옆에 끼고 왔던 임도가 다시 나왔다. 그러니 결국 마루금을 꼭 타야 하는 산길이 아니라면 산자분수령을 지키면서 쉽게 가는 방법은 그냥 저 위에서부터 임도로 곧장 왔다면 이곳까지 헤매지 않고 왔을 길이었다. 그러나 임도를 타고 가면 마루금도 놓치고 길도 멀고 뙤약볕이니 산길이 좋으련만, 산길을 아니 가는 이가 많으니 리본도 부실하고 길도 희미해져 있었다. 혹 이 글을 참고로 길을 가신다면 이 구간만은 그냥 임도 따라 가시라고 권하고 싶은 악몽 같은 가시밭길이었다. 지옥의 길이었다. 드디어 동서로 자동차가 휙휙 지나가는 부련이재에서 어디로 내려갈 것인가를 생각하다 영현면 영부리로 가기로 했다. 만약 반대로 간다면 사천으로 갈 수가 있기에 고성군 상리면 고봉리로 갈 것이다. 도로에서 지나가는 승합차를 얻어 타고 영부리로 내려가 진주시 금곡으로 가서 문산을 지나 진주 계양으로 가는 버스를 탔다. 문산까지 가면서 좌측의 정맥 길을 눈으로 재어 보면서 물이 어디로 가는지 살피니 이곳의 물들은 다 남강으로 가야 하니 북으로 흘러가야 하는 꼴이 되었다.

같이 간 아우를 문산에서 보내고 그는 마산으로 가야 하니 문산서 반성을 지나 진동을 지나 마산 가는 버스로 보내고 나는 혼자서 초여름에 〈울음이 타는 가을강〉이라는 시를 쓴 이 시대의 마지막 서정시인인 박재삼 시인을 그리워하고 있었다. 그는 이곳 사천이 그의 고향이었다.

울음이 타는 가을 강

마음도 한자리 못 앉아 있는 마음일 재,

친구의 서러운 사랑 이야기를

가을 햇별으로나 동무 삼아 따라가면,

어느새 등성이에 이르러 눈물나고나.

제삿날 큰집에 모이는 불빛도 불빛이지만,

해질녘 울음이 타는 강을 보겄네.

저것 봐, 저것 봐,

네보담도 내보담도

그 기쁜 첫사랑 산골 물소리 사라지고

그 다음 사랑 끝에 생긴 울음까지 녹아나고

이제는 미칠 일 하나로 바다에 다 와 가는

소리 죽은 가을 강을 처음 보겄네.

사천만의 파도 소리를 들으며 우리 문단의 토착어를 구사한 향

토시인의 그 구수한 말투가 자꾸만 자꾸만 맴돌이처럼 맴돌아 나
오니 이 시 한 편을 마저 읊지 않을 수가 없구나.

밤바다에서

누님의 치맛살 곁에 앉아

누님의 슬픔을 나누지 못하는 심심한 때는

골목을 빠져나와 바닷가에 서자.

비로소 가슴 울렁이고

눈에 눈물 어리어

차라리 저 달빛 받아 반짝이는

밤바다의 진정할 수 없는

괴로운 꽃비늘을 닮아야 하리.

천하에 많은 할 말이,

천상의 많은 별들의 반짝임처럼

바다의 밤물결되어 찬란해야 하리.

아니 아파야 아파야 하리.

이윽고 누님이 섬에 떠 있듯이

그렇게 잠들리.

그때 나는 섬가에 부딪치는 물결처럼

누님의 치맛살에 얼굴을 묻고

가늘고 먼 울음을 울음을,

울음 울리라.

아, 박 시인은 갔지만 그의 이 주옥같은 언어는 남아 우리의 가슴에 심금을 울리구나. 온몸에서 땀내가 풀풀 나는 옷을 입고 시외버스를 타고 계양서 사천으로 돌아왔다. 고성 관음정사에서 이곳 부련이재까지의 산행은 그야말로 빙빙 도는 그리고 길 찾아가는 숨바꼭질 같은 산행이었고 진도가 나가지 않고 더위에 땀으로 얼룩이 지고 부처님 손바닥에서 뱅글뱅글 돌다 온 산행이었다. 인생살이가 어느 것 하나 이런 일이 아닌 것이 어디 있더냐!

다 부질없는 일이지만 그런 과정이 삶이거늘······.

2000. 06. 08.

5.
사천 금곡면 돌장고개부터
사천 곤명면 오랑동마을까지

(2001년 4월 15일, 4월 21일, 4월 22일)

- 2001. 04. 15. 사천시 금곡면 돌장고개에서 정촌면 화원마을까지

- 2001. 04. 21. 진주시 정촌면 화원마을부터 사천시 곤명면 오랑동마을

- 2001. 04. 22. 사천면 축동면 유수리 유수교에서 사천시 곤명면 오랑동마을까지

사천 돌장고개 – 축동면 유수교

사천시 금곡면 돌장고개에서
정촌면 화원마을까지

그래. 다시 시작해 보는 거야! 지금까지 잘해 왔듯이 그렇게 하면 되는 거야! 한 해가 지나가 버렸다. 허상 같은 세월 한 해가 내 나이테에 그려지면서도 난 느끼지 못한 채 지난 한 해가 흘러갔다. 부산 물금 정수장에서 시작한 낙남정맥 종주였는데, 작년 6월초에 가상병假想病에 걸려 이 병원 저 병원 전전긍긍하면서 금주禁酒하고 산행 끊고 체중 불리면서 지나고 말았다. 결국 병명도 원인도 결과도 원점으로 되돌아와서는 중단한 산행을 시작하기로 마음을 고쳐먹고 같이 다니던 아우에게 연락을 했더니 토요일 밤에 사천 내 숙소로 찾아와 주었다. 01년 4월 15일 6시에 일어나 아파트 거실에서 코펠 바나로 아침을 지었다. 그리고 점심밥을 싸고는 사천 읍내 시장으로 김치를 사러 나섰다. 아우가 김치를 사는 동안 나는 과일 파는 할머니께 보기 좋은 사과를 세 알에 5000원을 주고 샀다. 할머니 왈 내 눈이 보통이 아니라며 '마시'라고 덤으로 좀 작은 사과를 세 알이나 넣어 주었다. 아침부터 이런 베풂을 받고 보니 기분이 좋아졌다. 김치 파는 아주머니께서 거스름돈 500원을 그냥 두라고 했더니 아주머니 말씀이,

"참 이상한 사람들이다."

우리가 이상한가? 하여간 시골 읍내 시장에서 이른 아침에 주고받는 인정 속에 기분이 상기되었다.

이제 내 차는 1002번 국도를 찾아서 나섰다. 어디서 본 적이 있는 국도인데 사천에서 고성 쪽으로 가는 길이 여러 갈래라 어느 쪽이 1002번인지 가 보아야 할 일이다. 사천 천을 따라 가는 길은 33번 도로였다. 되돌아 나와 읍내를 통과하여 사천 우시장을 지나 1002번 도로는 진주시 금곡면이라는 이정표가 바른 길임을 말해 주었다. 나는 주변 경관에 봄바람이 나서 핸들을 놓고 박수를 치며 노래를 부르니 곁에 앉은 아우는 그 큰 입을 다물지 못한다. 내가 이렇게 기분이 좋아진 이유는 아마도 그동안 본의건 타의건

다니지 못하였던 산행을 가게 되어 그렇고, 시절이 꽃피고 새싹이 돋아나는 새봄이니 봄기운을 마시러 가는 산행이라 그러하지 싶다. 작은 고개를 하나 더 넘으니 우리가 내려온 야산이 눈에 익어 보였다. 돌장고개라는 지명이 있는 사천읍과 금곡면을 가로지르는 산 고개에는 채석장 돌비늘이 산을 깎아먹고 있었다. 채석장 입구에는 화물 트럭들이 돌을 캐어 나르고 있었다. 주차를 하고 짐을 지고 나서는데 식수를 아직 준비하지 못했다. 산 아래 마을에서 수돗물을 받다 만난 주인 할머니께서 보리차 얼린 물 한 병을 얻었다. 오늘 아침에는 여러 가지로 여러분들에게 베풂을 받는다 싶었다.

8시 20분 아침 햇살이 곱게 지피는 정맥의 숲길로 접어들었다. 오래된 무덤을 지나 헤어진 리본을 이정표 삼아 산길을 올랐다. 진달래가 지고 지금은 바야흐로 붓꽃의 계절이다. 창포같은 푸른 각시붓꽃들이 풀섶에 여기저기 피어서 우릴 반긴다. 붓꽃은 하나하나 피지 않는다. 무리 지어 피거나 아니면 쌍으로 핀다. 산철쭉이라는 개꽃들이 피었다. 취나물 새순이 제법 많이 자랐다. 밑뿌리에 다잡아 캐니 그 향기가 그윽하기 그지없다. 낮은 야산이라

길이 여기저기 흩어져 있었고 능선길이 또렷하지 못하였다. 잠시 방심하면 그냥 묵은 길로 들어서기 십상이다. 고개를 하나 넘었다. 역시 우리도 길을 잃었다. 되돌아 나오는 결정은 쉬웠다. 리본이 없으면 되돌아 나온다. 리본이 달린 곳까지 되돌아 와서 길을 찾되 반드시 리본 길을 찾아야 한다.

오늘 길은 특히 고도 100m 내외의 야산들이라 제일 어려운 곳이라는 설명이 부산일보 낙남정맥 종주기에 적혀 있었다. 되짚어 길을 찾으니 산마루에서 90도 좌측으로 회전하여야 했었다. 전주 종남산악회 일행들을 만났다. 여기까지 오면서 낙남정맥 종주 팀을 몇 번 못 만났는데 오늘은 운이 좋게 만나는 날이었다. 그들도 벌써 길을 잃고 일행을 저 뒤편에 두그 헤어져 오는 길이라고 했다. 그러면서 우리에게 그들이 지나온 무선산에서 길 찾는 비법을 전수하여 주었다. 비법은 舞仙山에서 이야기하리다. 능선을 종단하는 길은 소나무들이 빼곡히 들어섰다. 길은 소나무 오솔길로 호젓하고 상쾌하였다. 이 봄날 아침 소나무 숲길을 느긋하게 걸어 보라! 산이 주는 모든 은혜를 다 받는 곳이다. 솔향기며 봄의 기운이며 아름다운 봄볕이며 서늘한 아침의 봄바람까지 만끽

하는 축복의 길이다. 밟히는 소나무 갈비의 푹신한 감촉이며 나는 마치 꿈길을 걷는 느낌을 받았다. 그래 얼마 만인가? 어연 한 해가 지나가고 새봄이 왔으니 어찌 남다른 감회가 솟구치지 않으리…….

저만치 뒤에서 혼자 소리 없이 따라오는 아우는 고사리 꺾기에 여념이 없다. 봄이 주는 선물인 취나물 고사리 재피 나물순까지 챙기면서 따라 온다.

오늘의 길 찾기 방법은 즈도법이다. 독도법을 해야 하나 우린 처음부터 지도 한 장 나침반 하나 없으니 오로지 이 눈과 감으로 찾아야 하는데 그동안 그렇게 산의 맥을 높은 곳에서 바라보고 길과 산의 형상에 의존해서 잘 왔다. 그러나 여기부터는 산들이 고만하고 낮아서 그런 방법으로는 확인할 길이 없는 곳이다. 오로지 우리 둘의 유일한 신체 장비인 고추가 가르치는 방향으로 가는 것이다. "우리 쌍말에 뭐 꼴리는 대로 해라."는 말이 있다.. 가고 싶은 방향으로 가라 이것이 우리가 찾아갈 지침서였다. 이건 장난처럼 하는 말처럼 들릴지 모르나 우리에게 믿은 곳은 그 길 외는 길이 없었다. 아시다시피 초행길에 안내자도 없고 무얼 믿고 보고 간단 말인가? 사나이 의지와 투지와 기백과 용기와 신념뿐이다. 정맥의 기운 성하는 곳에 기氣가 성하니 바로 도도법으로 가는 것이다.

10시 10분 산길에 노랫소리 군가소리가 저 아래 금곡면으로 울려 퍼진다. 동네 야산이지만 사람이라곤 얼씬도 없다. 214봉이라고 한다. 안내 리본을 열심히 바라보고 조 시쳇말로 꼴리는 데로 나아갔다. 하얀 꽃들이 지천으로 피어 있는 산봉우리에 올랐다. 딸기 꽃이 피었다. 빨간 딸기는 하얀 꽃을 피운다. 바람이 청아하게 이마를 스치고 지나간다. 봄에는 사람들이 산에 오면 먹을거리가 많다. 산나물을 알기만 하면 얼마든지 채취할 수가 있다. 작설 찻잎 같은 재피나무의 새순들이 삐쭉삐쭉 돋아났다. 둘은 걸음을 멈추고 가지를 붙들고 새순들을 훑었다. 재피 향기가 독특하다. 새순들을 좀 남겨 두어야 이 식물도 자생을 할 것인데 가지마다 붙은 순들을 싹쓸이를 했다. 참으로 인간은 흉악한 동물이다. 이런 일에는 그래. 싹쓸이는 안 된다. 손을 거두고 일어섰다. 길을 걸으며 자꾸만 생각하는 것이 오늘의 날씨다. 서늘한 기운이 마치 가을바람 같기도 하여 싸해서 참 좋다. 이런 봄에는 바람이 불어 좋다.

10시 40분에 무선산舞仙山에 올랐다. 신선이 춤을 춘다는 사천의 진산인 무선산이다. 무선산은 그저 평범한 산이다. 무선산을 넘어서 가면 안 된다. 꼭대기에서 오던 길을 되돌아 나와서 우측으로 가시밭길 속을 살피면 길이 보인다. 여기서도 90도 우회전이다. 지나간 등산객이 알려 준 비법이었다. 가방을 내려놓고 그늘 아래 앉았다. 사과 한 알을 깨물고 쉰다. 작은 산벚나무가 연한 잎들을 달고 나 앞에 앉았다. 저 산벚나무는 어디서 왔을까? 혼자서 왔을까? 여긴 어미나무도 없는데. 자연의 섭리는 하도 오묘하여 내가 다 풀이를 할 수가 없는 일이 더 많다. 11시 20분경에 사천과 금곡을 잇는 작은 포장도로를 만났다. 봉전고개이다. 산길을 또 올랐다. 우리 산꾼들은 길을 두고 메(산)로 간다. 우리 속담에는 길을 두고 메로 가나? 하지만 우린 메로 간다. 좋은 길은 버리고 험한 산길을 가야만 한다. 괜스레 기생 홍랑의 시귀가 생각이 나서 시 한 구절을 지어 곡에 실어 보았다.

　살찐 취나물 가려 꺾어

　　　　　　　　　　　　그리운 영신봉

보내노라 님에게

보시는 뜰 앞에 심거 두고 자소서

봄바람에 취 향기 나거들랑

날인 듯이 취하소서

　참나무 밭길이다. 노루가 밭 어귀에서 뛰어 나왔다. 놀라 바라보니 살찐 노루 한 마리가 경계 없이 놀다가 엄청 놀랐나보다. 허긴 나도 놀라긴 마찬가지였다. 또 산을 횡단하는 도로가 나왔다. 도로를 가로질러 산을 오르니 과수밭이었다. 한낮의 태양이 머리에서 이글거리는 정오다. 과수원 곁 원드막에 자리를 잡고 점심 준비를 하였다. 아우는 취나물과 달래를 과수원 빗물받이 물통에서 대강 씻는다. 라면을 끓여 따온 재피(초피나무) 새순을 넣고 달래도 넣고 씻은 취나물은 김치를 싸서 먹었다. 마치 산중의 노인들이 먹는 식습관처럼 우린 그 생나물과 산나물을 생식을 하였다. 솔바람이 원두막 위로 불어왔다. 그냥 원두막 위에 한숨 자고 싶은 곳이다. 그러나 햇살이 막히니 서늘하여 다시 따사로운 햇살 아래로 나섰다. 아우는 담배를 피우고 난 전화 한 통을 걸었다. 내가 이런 기분 좋은 곳에 앉으면 생각나는 사람이 있어 안부를 물었다.

　우리가 앉은 과수원 바닥에는 제비꽃과 노오란 봄꽃들이 피어 있었다. 감나무는 참새 주둥이 같은 새순들이 가지에 귀엽게 매달려 있었다. 다시 도로를 내려와서 도로를 따라 10분 정도 오르니 고갯마루에 산으로 연결되는 리본이 보였다. 숲길에는 돌배나무가 하얀 배꽃을 달고 우릴 반긴다. 우리도 반갑다. 여긴 사람이라고는 없으니, 꽃도 사람같이 반갑고 지금이 바로 배꽃이 피는 시절이니 배 향기를 곁에 끼고 길을 찾아 가는 길이다. 어디까지 걸어야 하는가도 없다. 우린 마냥 길이 연결되는 길을 찾아 걸어가야 하는 숙명의 사나이들이다. 길이 끊어진 적은 한 번도 없었다. 항상 길이 갈래갈래 많아서 찾기 어려웠을 뿐이다. 왜 이리도 과수 나무 밭이 지천으로 널부러져 있을까? 문산이 배나무 단지이긴 하나 오래된 배나무들이 하얀 기둥을 사람 배처럼 내어 놓고 서 있었다. 배꽃은 한 송이에 여럿이 모여서 핀다. 그리고 이따금씩 꽃잎이 지고 있는 복숭아나무도 곁에 두고 자란다. 이제 산길은 없어지고 과수원 사잇길을 걸어간다.

　　　　　　　　　　　　　　　　　　　　그리운 영신봉

길 찾기가 더욱 어려워졌다. 붙여 둔 리본들이 과수의 가지치기로 사라지고 말았다. 그냥 여기저기 휙 둘러보면서 우리의 주특기인 ㅈ도법으로 그냥 나아가는 것이다. 산꿩이 날아갔다. 따라서 까투리도 따라 날았다. 산꿩이 날아간 하늘위로 뭉게뭉게 뭉게구름들이 떠 있었다. 우린 뙤약볕이 내리쬐는 황톳길을 마치 군인의 행군처럼 걸었다. 하오 세 시 과수원 언덕 위에 산불조심 망루가 나왔다. 아저씨 한 분이 길을 알려 준다. 알려 줄 것도 없다. 어차피 물어서 온 길도 아니고 물어서 갈 길도 아닌데. 인사를 하고 제법 넓게 경운기 길로 내려갔다. 꽃길이 가도 가도 끝이 없게 전개되었다. 그리고 우린 계속 재잘대며 노래하고 쉬운 쌍소리를 지껄이고 또 끝도 없이 웃는다.

아, 바로 내가 꽃이구나!

하루 종일 웃었더니
나도 꽃이 되더라

봄날에는

이런 짧은 시 한 구절을 짓고는 꽃이 되어 걸었다.

이 산행기는 작년 초 부산 물금 낙동강 강변에서 바라본 동신어산 산줄기를 보고 그 맥을 짚어 거슬러 올라간 우리 산줄기를 답사한 이야기이다. 김해를 지나 창원 마산 고성 사천 진주 그리고 하동을 지나면 백두대산의 줄기인 지리산으로 연결된다. 그러니 김해 동신어산에서 지리산 영신봉(세석평전)까지 산줄기 지도상 거리는 220km이고 실제로 직접 걸은 거리는 대략 400km 정도는 될 것이다. 주말을 이용하여 산줄기를 연결하여 타는 일은 산 아래서 산줄기까지 매번 다시 올라가야 하고 길을 잃어 되돌아 나오기를 수십 번을 해야 했다. 우리 산줄기에 대한 이해와 애정을 갖고 좀 지루한 감이 있더라도 혹 이 글이 나중에 낙남정맥 산행을 하고자 하는 사람들에게 길잡이가 될지도 모른다는 생각에 위치와 거리에 대한 사족들이 설명되어 있는 점은 이해를 바란다.

한 시간을 더 걸으니 오랜만에 대나무 밭을 지났다. 우린 긴 봄날을 과수원밭길에서 다 보내고 산허리 하나를 내려오니 남해고속도로와 공사 중인 대전 통영 간 고속도로가 만나는 사천 화원

마을이 내려다보이는 산 아래 무덤가에 앉았다. 바람이 시원하게 불어오고 저 아래로 차들이 쏜살같이 지나간다. 소나무그늘에 앉아 한숨을 돌리며 공사 중인 고속도로를 건너 민가들이 정맥의 줄기에 앉아 있는 서라벌이라는 음식점에서 시원한 사이다 한 병을 마시고 또 남해고속도로의 지하 통로를 건넜다.

정맥은 바로 이 고속도로 인터체인지가 만나는 곳으로 지나갔다. 그러나 공사로 맥은 잘려 없어지고 물이 흘러가야 할 곳이 아닌 곳으로 역류하고 있었다. 이곳이 낙남정맥 중 가장가장 고도가 낮은 곳이다. 내 추측으로는, 해발 100미터 이하로.

화동 마을을 지나 화원마을로 들어갔다. 다음 날 이 화원마을에서 출발하기 위해 산줄기의 시작 위치를 확인하고 내려오니 어느 촌부 한 분이 화동 저수지에 낚시를 넣고 있었다. 피라미들이 물려 올라왔다. 산그늘이 지고 봄날이 저물어 가는 한적한 시골 마을에 세월을 낚는 저 아저씨의 하루가 부러웠다. 저 사람은 내가 부러울까? 다 부질없는 비교이다. 사람은 사람마다 제 하고픈 일이 있는 법이거늘. 시계를 보니 하오 5시다. 오늘은 여기까지다. 첫날인데 이 정도의 기쁨을 누렸다면 나도 행복하다. 사천 내 아파트로 돌아와 아우 차를 몰고 내 차를 찾으러 아침에 출발한 돌장고개를 향했다. 저녁의 어스름이 내리고 있었고 지나는 마을에는 하루를 마감하는 밥 짓는 연기들이 피어오르는 사천의 봄날 저녁이었다. 우린 작별을 했다. 아우는 차를 몰고 창원으로 돌아가고 나는 사천으로 되돌아왔다. 아침에 남겨 둔 밥으로 그리고 이 봄나물로 배부르게 먹고 자자! 혼자서.

진주시 정촌면 화원마을부터
사천시 곤명면 오랑동마을

간밤에 어울려 논다고 새벽에 창원 집에 가서 겨우 5시간 눈 붙이고 아침 10시에 일어났다. 아우랑 11시에 창원서 출발하기로 약속이 되어 있었다. 간단히 아침을 먹고 아우 집에 가니 아우도 없고 아우 차도 없었다. 기다려 보는 도리밖에. 아우를 만나 사천으로 와서는 차를 사천 아파트 주차장에 넣고, 진주 가는 버스를 탔다. 정촌면 화원 마을에 내려 산행 출발 시간을 보니 하오 2시였다. 꼭 반나절 시간이 남았다. 그 반절에 우린 낙남정맥 종주기 15차 산행 하루 길인 9.8km를 다 걸었다. 이번 산행도 해발 고도가 낮고 과수원과 지능들이 엉킨 길 찾기가 어려운 코스라고 했다. 하여간 지난주에 보아 두었던 화동마을 저수지를 돌아 마을 좌측 산길을 접어들었다. 길은 직진하다 좌로 꺾어 가야 했다. 여기는 직진하더라도 갈 곳이 없었다. 남해고속도로가 막고 있으니 돌아 나오기 마련이다. 우린 길섶에 핀 각시붓꽃의 남색 물감을 보며 길을 걷는다. 4월은 아름다운 우리강산, 들꽃들이 피어서 산행하기 좋다.

소나무가 빽빽하게 우거진 102m봉에 닿았다. 소나무 길은 호젓하였다. 솔바람 소리도 들어오는 바람 좋고 햇살좋은 날이다. 하오 4시에 산불감시 초소를 지난다. 능선길 우측으로 온통 두릅밭이다. 옻나무 밭이라고 표현한 어느 종주기 글이 있었는데 우린 산나물과 나무에 관해 지식이 있는 사람들인데 그냥 지나갈 일이 없다. 아우는 벌써 조끼 주머니에 갓 피어나는 두릅 순을 한 주머니 꺾어 넣었다. 다 계절이 준 선물인데 나는 아우에게 "우리 먹을 만큼만 따 가지고 가자!"

자연이 우리에게 오늘 준 선물이라고 생각하면서 아우 한 주머니 나 한 주머니를 챙겼다.

멀리 사천만이 내려다보이고 우리가 걸어온 산들이 아스라이 펼쳐져 보이는 곳이다. 초소에는 아저씨 한 분이 점심을 드시다 나오셨다. 이곳이 150m봉이란다. 다음은 실봉산이 나온다고 알려 주었다. 우린 지도도 없고 초행길 이니 그저 아저씨가 준 정보를 얻었다. 이날은 메모지도 필기구도 없어 아저씨 볼펜을 빌려 헌 종이 귀퉁이에 적었다. 그리고 지금 한 주일이 지난 오늘 사라져 가는 희미한 기억의 편린을 헤집어보며 이 글을 쓰고 있다. 믿거나 말거나. 여길 지나간 사람들은 이 코스에서 길을 헤맨다고 했는데 우린 전혀 어려움이 없었다. 길이 분명하지 못한 곳들이 있긴 해도 길이 갈라지는 곳에서는 정맥 방향이 감각적으로 보였다. 잘못 들며 바로 감이 팍팍 왔다. 그리고 지난주처럼 우린 그 똑똑하고 위력 있는 ㅈ도법을 잘 익혀 알고 있었다. 난 아우더러 오늘은 너 ㅈ도법의 위력을 보자 하며 앞세워서 갔다. 아우가 말하길 길을 잘못 들면 자지 기운이 팍 죽는단다. 정맥의 기운을 바로 받으면 정기가 전달되어서 기운이 솟는 느낌이 온다는 아우의 말을 믿어야하나 믿지 말아야하나? 참말로 우리는 Extraodinary man(괴짜)들이다.

  사천 진주 간 지방도로 하나를 건넌다. 이곳은 내가 사천서 진주 갈 때 퇴근 차량이 막히면 우회하여 진양호반으로 우회하는 길이었다. 하여간에 그날 하오는 길도 잘 찾고 쉬지 않고 걸어 내려서니 진양호 홍수주위를 알리는 방송 스피커 탑을 지나고, 마침내 산꾼들에게는 악명이 높은 진양호 물을 인공 방류를 시키는 인공 수로에 도착했다. 강바닥은 물이 말라 콘크리트 바닥이 노출되어 있으니 가고 싶어도 건널 수가 없었다. 절벽이 가파르고 높아 내려 설 수가 없었다. 나는 저 낙동강을 건너면서 물금취수장도 배를 타고 건너왔는데 여긴 도리가 없었다. 정맥이 지나가는 길목에 앉아 건너편 줄기를 바라보며 하염없이 명상에 잠겼다. 비록 강물을 강제로 사천만으로 흘러가게 하지만 하상을 보니 어디가 가장 높은 곳인지가 보였다. 산자분수령(山自分水領: 산은 물을 가르지 않고, 물은 산을 건너지 않는다.)을 어긴 곳이지만 인간도 자연의 그 맥을 원천적으로 바꾸지는 못했다. 지금 물이 하나도 없으니 정맥 길이 하상 위로 보였다.

느웃느웃 지는 해를 어깨에 메고 우린 유수교라는 다리를 건너 정동마을까지 걸어갔다. 다리를 건넜으니 물을 건넌 셈이다. 6시 30분이었다. 그러니 4시간 30분에 10km를 걸었다. 진주로 가는

 그리운 영신봉

시내버스 96번을 한 시간이나 기다려 경상대학교까지 와서 사천으로 왔다. 그래도 한나절에 하루 코스를 뛰었다는 성취감에 좀 늦긴 해도 우린 사천 아파트에서 긴 잠어 떨어졌다. 내일의 산행을 위해 내일 아침 준비와 산나물들을 씻어 두었다.

어제 진주로 버스를 타고 나오면서 오늘 아침에 다시 그 곳으로 가야 하는지라 버스 기사에게 시간을 물어왔었다. 그러나 되짚어보니 하산하여 집으로 돌아오는 시간이 2시간이나 걸린 것 감안하면 다시 버스로 가고 싶지가 않았다. 아침밥을 지었다. 물 조절을 잘못하여 밥이 질다고 아우는 별로 안 좋아하는 기색이다. 난무른 밥을 좋아하니 그리고 내가 밥을 지었으니, 아파트에서도 우린 가스 바나와 코펠을 사용하여 밥을 짓는다. 어제 삶아둔 두릅나물과 취나물을 된장에 푹푹 찍어 먹는다.

혼자 사는 아파트에 웬 된장이냐고? 어제 저녁식사를 선진 바닷가의 풍어횟집에 가서 매운탕을 먹었다. 나오면서 횟집 된장을 한 접시 얻어 왔지! 혼자 사는 사람은 여기저기 적당한 곳에서 얻고서 먹고 살아야 한다. 이건 아무나 못하는 능력이다. 각설이 기질이 다분히 있어야 하고 끊임없이 실전에서 연마한 사람만이 즉

석에서 임기응변과 기질이 발동을 하고 또 제대로 얻어올 수가 있는 법이다. 그렇다고 이런 일이 추하거나 비겁하거나 멸시받는 일이라고 생각을 눈곱만치라도 있다면 성공할 수 없는 특수 재능이다.

하여간 난 그날 회 한 접시와 매운탕을 먹고도 주인이 돈 안 받는다는 걸 겨우 주고 왔다. 왜냐면 그 주인 내외가 시골 바닷가에 어부였는데 한 십 년 전부터 농가에서 횟집을 차렸다. 아는 것이 물고기 배 따는 일이니 새벽에 어시장 경매에 다녀와서 하루 종일 칼질을 하여 먹고살지만 집안에 화분과 예쁜 꽃들이 여기저기 있었다. 봄이면 아저씨는 꽃 화분을 사 와서 일을 하며 보는 즐거움을 아는 분이었다. 그래서 내가 마음을 먹고 화원(꽃가게)에서 장미 봉오리가 총총히 달린 화분 하나를 며칠 전에 사 드렸다. 얼마나 좋아하는지. 그런 일이 있었던지라 저녁을 먹으러 갔으니 그날 밥값을 아니 받겠다는 것이다. 아니, 내가 예전에 치통을 심히 앓는 날, 이 집에서 끓여 준 백합죽도 그냥 얻어먹은 적도 있어 나도 그 보답으로 화분 하나 드렸는데 무슨 밥값을 아니 받는단 말인가?

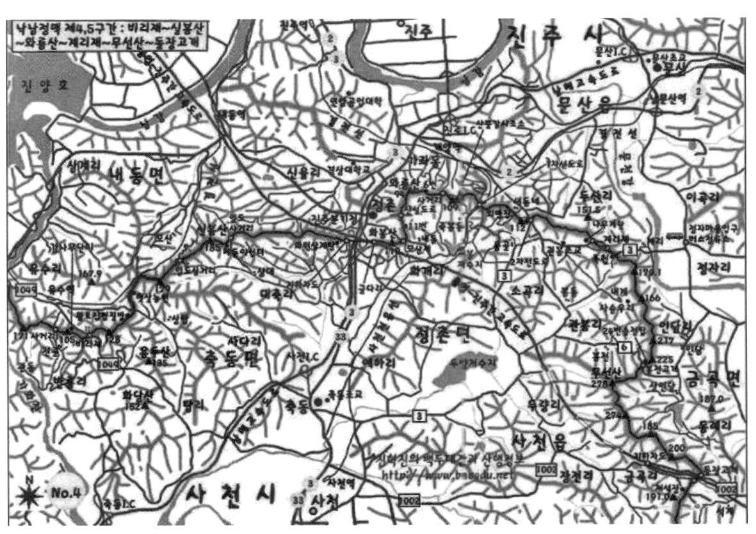

축동면 유수교 – 하동 백토재

사천면 축동면 유수리 유수교에서
사천시 곤명면 오랑동마을까지

하여간 이건 여담이고 따뜻한 밥을 먹고 또 도시락으로 밥을 담았다. 그리고 된장과 남은 두릅을 담아 8시 30분에 아파트를 나왔다. 날씨는 봄날이지만 아침이라 서늘한 기운이 하늘 정수리에서 지펴 나왔다. 아우를 태우고 사천면 축동면 유수리 유수교까지 가는 1003번 국도를 택했다. 그곳까지 20분이 채 안 걸리는 지름길이었다. 유수교를 건넜다. 이곳에 전에는 잠수교가 있었던 곳이다. 진양호에 물이 차서 홍수가 지면 진양호 강물을 이곳 인공하천인 가화강으로 돌려서 낙동강 홍수를 조절하는 목적으로 물길을 돌린 것이나, 살아 있는 정맥을 이렇게 끊어 놓다니 그 현장을 그냥 지날 수가 없어 가화강 하류쪽으로 차를 타고 내려가 보았다. 홍수에 물길이 사나워서 강변에는 제방이 무너져 볼썽사나운 곳이 있으나 강은 어느새 세월이 흐르니 강의 모습으로 변모하고 있었다. 하상에는 까만 돌들이 물에 씻기어 천변의 모습으로 보이고 가장자리에는 자갈돌이 물길에 쏠려 한 곳으로 모여서 제법 운치를 갖추고 있었다. 강이 생겨 수몰이 되었는지 마을은 없고 오래된 느티나무가 강을 내려다보며 혼자 콤바람에 흔들리고 있었다. 산행 시작은 산의 맥이 兩岸의 봉우리를 이어 주는 도로의 언덕 위에서 산으로 접어 들어간다. 작은 과수원이 동산 마루에 앉아 있으니 정맥은 과수원 길로 올라서도 된다. 과수원 마루에는 강바람과 산바람이 번갈아 불어 주고 매실이 그 사이에 보석같이 이슬같이 맺혀 있었다.

산행을 다시 시작했으나 그동안 산행기도 쓰질 못했다. 그래서인지 산행기 쓰는 것이 이다지도 힘이 든다. 미루고 미루어 이제 더 미루면 자꾸 밀려서 다음 번 산행지에 대한 기억을 찾을 길이 없을 것이라는 불안감에 하는 수 없이 오늘은 시작을 하고 있다만 내 게으름이 참으로 극에 달한 느낌이었다.

이곳에서 2번 국도를 만나는 지점까지 2.5km이라고 하는데 고갯길 이리저리 리본 따라 걸어가다 진양호수를 두 번 넘어다보고 두릅나무 새순 몇 가지 꺾다 보니 어느새 대나무 밭길을 지나고 고가도로 공사가 한창인 2번 국도로 오전 10시에 내려섰다. 한 시간 만에 와 버렸다. 국도를 또 건너 산줄기를 보고 올라섰다. 우리가 걷는 정맥 아래로 경전선 터널이 지나고 있었다. 산머리에 들어서면 서늘하고 쾌청한 산들바람이 기분을 돋운다. 진양호수의 수면이 거울 면처럼 반짝이고 햇살에 물이 오른 찔레는 그 하얀 찔레꽃을 내 달에는 피워야 하기에 새순 피우기에 여념이 없는 모습이다. 아직은 순이 연하고 가시가 부드럽다. 사람도 저처럼 어릴 적은 마음도 곱고 가시도 연하고 부드러운데 자라면서 그만 가시에 굳어지고 잎사귀가 거칠어져 가는 것이다. 육신이야 그럴 수밖에 없다고 하나 마음도 그렇게 억세어지고 단단해지니 참으로 늙는다는 것은 서글픈 일이다. 몇 번은 리본을 놓치긴 했으나 거의 어렵고 헤매는 일없이 애향愛鄕이라는 머릿돌이 마을 어귀에 앉은 고갯길로 내려섰다. 우린 여기서 포장된 소로小路를 따라 내려가서 2번 국도를 다시 만나면 되는 일을 길 건너 과수원 산길로 올라섰다. 아마도 맥은 산길로 이어져야 하니 그렇게 보았던 것이다. 가끔씩 리본이 달리긴 해도 길은 곧 사라지고 우린 이제 가던 길을 산마루에서 되돌아 내려왔다. 그리고 저 아래 자동차가 지나가는 국도를 향해 길도 없는 소나무 숲을 헤치고 내려갔다.

고월마을이다. 12시 정오다. 채석공장으로 통하는 산길을 헤치고 나왔다. 도로 양쪽으로 SK주유소가 나오고 길을 찾아 헤매다 지친 목마름에 난 시원한 자판기를 찾고 있었다. 그러나 자판기에는 음료는 없고 커피만 나왔다. 커피 한 잔을 뽑아 마시고 주유소 알바 학생에게 물어봐도 그들은 금시초문이라는 표정이었다. 길을 건너 산길을 찾아도 리본도 길도 보이지 않았다. 건너 다른 SK주유소의 아저씨에게 물었더니 산길을 알려 주었다. 그래도 나이 먹은 사람이 눈여겨보는 기술이 있나 보다. 콜라 한 캔을 자판기에서 뽑아 들고 이어지는 가파른 숲길을 올라섰다. 산속에 운동장을 닦아 놓은 곳으로 들어가고 말았다. 일단 길은 없고 리본도 없으니 그냥 이 산마루로 올라가자. 한낮의 더위가 한없이 밀려오는 뙤약볕을 불사하고 올라보니 정맥은 오른편 야산으로 가서 우리가 오른 산봉우리와 만나도록 연결이 되었다. 내려다보니 우리가 걸어온 산과 연결되는 맥들이 확연히 보였다.

　오리목 속잎 피는 사월의 신록이여~~~

　나는 이토록 아름다운 오리목 숲을 일찍이 본 적이 없는, 햇살이 속잎 사이로 아스라이 비치는 고목이 된 오리목 숲을 걸었다. 오리목도 고목이 되니 표피에 비늘이 일었다. 마치 너와 지붕같이 층층이 겹겹이 나무껍질이 일어났다. 하늘빛이 연두색 잎새에 비치니 마치 연두색 항아리에 내가 갇힌 느낌이었다.

　사월 하순 어느 날

　오리목 속잎이 하늘을 가린

　저 연한, 빛 고운 숲이여

　연분홍 철쭉 피는 산정

　봄날의 향연이여~~~

　이제 정맥은 묘원을 지나야 한다. 묘원을 들어서기 전에 점심을 먹자. 2시구나. 바람이 소슬하게 지나가는 북쪽 사면이 내려다보이는 숲에 자리를 잡았다. 온통 옻나무 밭이다. 앉은 자리에도 도

　　　　　　　　　　　　　　　　　그리운 영신봉

시락을 펼친 자리에도 새끼 옻나무가 자라고 있었다. 우린 준비해 온 된장에 삶아 온 두릅과 씻어 온 취나물 참나물을 한 움큼씩 집어서 싸서 지고 온 식은 밥에다 먹었다. 라면을 끓여 국물을 만들고 허리끈 풀어 제치고 먹었다. 얼마나 먹었을까? 쌈에 나물에 커피까지 한 잔 끓였다. 먹고 나니 배가 불러 일어서기가 불편하다. 등산용 팩 소주가 한 팩 있었다. 둘이서 나누어 마셨다.

마, 이 세상이 다 나의 것마냥 부러운 일이 없다. 하도 날이 좋아, 가는 봄이 좋아, 바람이 좋아, 하늘이 좋아, 꽃이 좋아, 산이 좋아, 아우가 좋아, 우린 그날 그 공원묘지를 지나가면서 아우와 나는 상여 메고 앞소리를 길게 읊어 보았다.

에호오

에호오

에하라영차 에호오

이제 가면 언제 오나 에하라 영차 에호오

가지 마오 가지 마오 나를 두고 가지 마오

한번 가면 다시 못 올 북망산이 어디인가

에호오 에호오 에하라 영차 에호오

아, 산천이 온통 파헤쳐 묘원이 만들어져 가고 있었다. 정맥은 산마루의 개설 도로를 따라가다 마지막 송전탑이 보이는 곳에서 오른쪽으로 접어 들어간다. 리본을 잘 살펴 산줄기를 잡아야 한다. 남쪽으로 사천만이 아련하고 진양호 쪽으로 월아산이 선명하다. 이제 내려서면 선들재이다. 포장된 도로가 지나가고 정맥은 길을 건너 이어져 있었다. 과수원 독가옥에 할머니 한 분이 봄 마늘을 다듬고 계셨다. 시원하게 솟아지는 샘물을 한 쪽박 마시고 시계를 보니 4시를 지나고 있었다. 아무래도 여기서 마무리를 해야 하는데 아직 해가 중천에 있어 좀 꺼림칙한 건 사실이었다. 일단 길 건너 산행 코스라도 확인을 해 두자고 우린 좌측 과수원 진입도로를 따라 올라가 보았다. 리본을 확인해 두고 내려와야지 하며….

그러나 한참을 가도 리본은 보이질 않고, 아마 과수원길 위로

　　　　　　　　　　　　　　그리운 영신봉

맥이 지나가니 산길을 올라서야 할 모양이었다. 그냥 우린 과수원 길을 따라 편하게 비스듬히 걸었다.

묘목을 보니 아는 수종이었다. 내가 좋아하는 목서 나무들이 지천으로 심겨져 있었다. 작은 묘목이었다면 한두 포기 슬쩍하련마는 나무가 커서 뽑아질 것 같지가 않고 나뭇잎만 매만져 보고 지나가니 인부 2명이 다른 묘목에 물대기를 하고 있었다. 제법 자란 묘목이라 이름을 물으니 바로 산수유라고 했다. 내가 다음에 산중에 집을 짓고 과수나 나무를 심을 때 이곳에 와서 저런 묘목을 구해 심으면 되겠구나. 꽃길이었다. 조경업자가 조경용 나무를 심어서 키우는 그곳은 온통 이런저런 꽃들이 피어서 화원을 이루고 있었다. 버려진 철쭉은 이제 돌보는 이도 없었다.

이제 길을 접어들어서니 다시 되돌아올 수도 없고 이제부터 다시 하루코스를 가야 할 일인지를 그때는 몰랐었다. 적당히 가면 임도가 나오거나 국도가 나오겠지 하는 기대로 우린 걸었다. 그러나 그 길의 끝이 바로 2번 국도가 지나가는 오랑동까지인 줄 어찌 알았겠는가? 해는 어느덧 서산마루까지 가까워졌고 이제는 고사리 꺾는 일도 한담閑談을 하는 일도 부질없다. 산판 도로가 정맥을 따라가는 길로 내가 앞서기도 하고 아우가 앞서기도 하며 우린 배낭을 고쳐 메고 뛰었다. 마치 신들린 사람처럼 산길을 뛰었다. 다행히 길은 외길이었다. 해질녘의 서늘함이 더위를 피해 주지만 해가 지고 어두우면 아무 준비 없이 초행인 우린, 리본을 길잡이로 앞만 보고 내달렸다. 얼마를 달렸을까. 소나무 사이로 산 아래가 내려다보이고 경전선 열차가 지나가는 소리가 들려왔다. 저 아래 마을들이 보였다. 해는 이제 마치 서산에서 우리가 내려와 주길 기다린 듯이 건너 산마루에 걸려 있었다. 소나무 사이에 걸쳐진 해를 갖고 놀았다. 희롱하며 놀았다. 해에다 고무줄을 걸고 흔들며 놀았다. 시 한 편을 지었다. 그 바쁜 시간에도 나는 여유와 호기를 부렸다. 아니 풍유를 즐기었다.

내 속 같아

석양 하나
솔가지 사이에 걸어 놓고
눈높이 맞추어 흔들어 본다

내 고무줄에 매달려

춤추는 붉은 해

한 박자도 어김없이

내 속 같이

놀아 주는고?

　정맥은 어느 돼지 축사를 지나가고 있었다. 이랑이 긴 밭길이 바로 정맥이었다. 밭이랑을 따라 걸어서 내려와 경전선 철길을 건넜다. 2번 국도가 지나가고 있는 오랑동 마을에서 우린 진주 가는 버스를 기다렸다. 7시를 지나 아침에 차를 세워 둔 정동마을로 돌아왔다. 오늘은 되돌아오는 일은 쉬웠다. 산길은 많이 걸었다. 오후 4시부터 한 10km 길을 둘이서 2시간 반 만에 주파해 버린 셈이다. 이 거리가 보통 한 구간이다. 그러니 하루 코스란 말이다. 그날 우리가 뛴 거리와 능력은 우리의 전성기에 체력이 되살아난 느낌이라고나 할까. 아우를 태우고 진주 버스 정류장까지 가서 마산 가는 버스를 태워 보내고 난 사천 내 아파트로 돌아왔다. 그리고 보니 이제 남은 정맥구간이 얼마 아니 남았구나. 다음 산행일자를 5월 1일 석가탄신일로 예정해 두었다.

6.
사천시 곤명면 오랑동에서
하동군 청암면 상이재까지

(2001년 5월 1일)

하동 백토재 – 옥종 궁항리 양이터재

석가탄신일, 사천시 곤명면 오랑동에서
하동군 청암면 상이재까지

지난번 귀가한 길로 다시 버스를 타고 간다는 것은 하루 산행 가는 바쁜 시간에 낭비가 너무 심하다 싶어 아우에게 일러 승용차를 지난번 갔던 2번 국도 사천시 곤명면 오랑동으로 달렸다. 사천에서 20분이 안 걸려 도착했다. 지난번에 달려 내려온 종주 능선을 맑은 하늘 아래로 바라다보고는 2번 국도 건너 산모퉁이 임도에 붙은 리본을 보고 산길을 올랐다. 그러나 마루금을 따라 올라가는 것이 어려웠다. 사실은 길이 없어져 버렸다. 그래서 임도를 따라가다 과수원 길을 따라 한동안 올라섰다. 그러나 길은 과수원길 끝까지 가면 종주길이 아니다. 산마루 정도에서 좌측 소나무 숲으로 리본을 보고 들어서야 한다. 이제는 키 낮은 소나무가 야산의 펑퍼짐한 엉덩이 같은 곡선부위를 가로질러 걸어가야 한다. 지나가면 스치는 솔 꽃의 노오란 가루는 마치 노오란 가루 화약 같은, 아니 노오란 신호탄 가루같이 폴폴폴 흔들리며 봄날의 공간을 메우고 있었다. 송홧가루가 얼마나 날리는지 나는 내 알레르기 비염이 도질까 앞서서 걷는다. 아우는 마냥 즐겁다. 나도 따라 노래를 부른다. 산허리를 하나 돌 때마다 소리 한번 치고 또 나물 한 손 꺾고 '닐리리 맘보'를 부르며 태진아의 '사랑은 아무나 하나'를 부르고 또 입에 익은 군가를 브르고 지나갔다. 아침 날씨라 아니 며칠 전에 온 비에 하늘과 산천이 깨끗이 씻기어 맑고 청량하였다. 신록의 향연이 일어나고 붉게 타는 산철쭉의 마지막 불꽃의 축제가 벌어지는 오월의 첫날이고 부처님 오신 석가탄신일이 바로 오늘이었다.

산행한 지 30분이 지나니 정맥이 끊어지는 지방도가 지나갔다. 아마 밤재라는 이야기가 나왔는데 그럴지도 모른다. 쉼 없이 바로 건너서 길을 찾아 올랐다. 밤재 양쪽은 콘크리트 벽같이 보이나 깎은 산이 돌산이나 보니 파헤친 바위가 마귀의 이빨처럼 볼썽사납게 드러나 있었다. 산길로 들어가니 길이란 길은 산으로 묻

혀 버리고 어느새 우린 밤나무 과수가 종주능선과 뒤엉킨 능선 과
수원 길을 걸었다. 옅은 구름 속에 비친 하늘은 마치 화폭이 커튼
에 비친 하늘같은, 산행하기에 그만인 날씨였다. 산 꿩이 놀라 하
늘을 날아가고 꿩이 앉았던 자리에 혹시나 하고 꿩알을 주어라 갔
다만 없었다. 꿩알 생각을 하니 내 어릴 적에 꿩알에 얽힌 사연이
생각이 나서 아우에게 이야길 걸었다.

"아우야! 내 어릴 적 별명 하나 알려 줄까?"
"뭔데요?"
"학끈아, 꿩알이다."
"그런 말이 별명이라니. 참내!"

참이라니 내가 소학교 입학하기 전에 시골서 자랐는데 내는 도
회지서 살다 왔기에 친구들이 날 놀린 것이다. 내 외가 마을 앞 작
은 솔개 등대라는 동산이 있었는데 우린 날이면 날마다 그 동산에
서 하루 종일 뛰어놀았단다. 어느 봄날 내 친구 녀석이 나에게 '학
끈아, 꿩알!' 하면서 먹으라고 주었단다. 나는 꿩알이란 게 귀하고
맛있다는 말만 들었지 본 적은 없었단다. 그래서 어디 삶은 계란

　　　　　　　　　　　　　　　　　　　그리운 영신봉

처럼 말랑말랑 푸석푸석한 꿩알을 받아서 덥석 깨물어서 씹어 먹은 것이다. 그러자 그 꿩알을 준 녀석은 놀라서 질겁을 하고 도망을 친 것이야. 왜냐면 그 녀석은 그것이 꿩알이 아니라 버섯인 줄 알고 설마 먹겠나 싶어 장난으로 준 것인데 이 도회지 촌놈은 아무 것도 모르고 죽는 줄도 모르고 그 버섯을 날름 받아먹어 버렸으니 말이다. 이 이야기는 순식간에 마을로 퍼졌고 내 외가의 처녀 이모들이 달려 와서는 마을 우물가로 날 데리고 가서 소금을 먹이고 나오지도 않는 버섯을 토해 내라고 야단법석을 떨고 나는 이제 죽는 모양이다 하고 하늘이 노랗게 된 상태로 토해 보려고 갖은 궁상을 다 떨고 했단다. 그러나 결국 지쳐서 잠이 들고 마을 사람들은 그 후에 나만 보면 '학끈아, 꿩알.' 하고 불렀단다. 그러나 애석하게도 나는 산 꿩의 알은 한 번도 먹어 보지 못했다. 그런 추억이 있는 꿩알인데 오늘 만약에 꿩알을 구한다면 이제 허리끈 풀어 두고 먹고 볼란다.

"아우야, 어디 꿩알 한 알 구해 와라!"

꿩알 이야기하다 산행은 언제 하나? 빨리 걸어가야지. 지금 글

쓰는 것이 그렇다는 것이지 그날은 둘이서 걸어가면서 한 야그이다. 볕이 잘 드는 양지 녘 무덤가를 지나다 내려다본 땅위에는 온통 노란 분粉으로 덧칠이 되어 있었다. 송홧가루가 얼마나 날려 내려왔는지 작은 풀잎에도 석축의 돌 위도 그리고 마른 땅위도 노란 가루가 덮고 있었다. 우리 산하는 솔 꽃이 피고 날리는 4월 아니 5월이면 이토록 송화가 피어난다. 우리 솔이 만든 우리 꽃가루이다. 나는 그날 그 폴 폴 폴 흔들며 지피어 날리는 송화를 마시면 걸었다.

10시 40분에 옥정산(234m)이란 봉우리에 올라앉았다. 때를 맞추어 고사리들은 살이 찐 줄기를 올려서 자라나고 있었다. 아우는 바쁘다. 고사리 꺾기에 나는 기다리자니 무료하니 따라서 꺾어 본다. 키 작은 조선 소나무가 아주 밑둥치를 넓게 자라고 있었다. 수령이 수십 년은 되지 싶다. 허나 그 모양새가 비뚤비뚤 꼬불꼬불하고 조선소나무라고 조선이라 부르면 제대로 모양이 안 잡혔지만 우리 토종 것 같다. 느낌이 서럽지만 정겹다. 지고 가던 배낭도 옷도 손과 얼굴도 송홧가루에 노란 염색을 했다. 산들바람 부는 키 낮은 소나무 밭 자락에서 멀리 지리산자락과 남으로 2번 국도를 가늠하여 산줄기 하나 붙잡고 걸었다.

　재피나무가 나타났다. 그동안 보이지 않던 나무였다. 야생 두릅 군락이 있어 한바탕 보자기에 담았다. 이제 취나물은 눈에 들어오지 않았다. 고사리를 찾고 있기 때문이리다. 마음에 없으니 보이지도 않는다. 아우가 오늘 점심은 이 두릅을 삶아서 먹자고 한다. 된장 챙겼느냐고 묻고 또 코펠을 챙겼느냐고도 묻는다. 오늘은 배낭을 챙기면서 코펠을 뺐던 기억이 나서 없다고 하니 라면 어찌 끓일 것이냐고 원망을 한다. 참으로 답답한 사람이구나. 점심 담아 온 그릇이 바로 코펠인데 밥 비으고 끓이면 되고 정 없으면 안 먹으면 되지 그렇다고 밥 굶는 것은 아니지 않는가? 슬슬 약을 올릴 심사로 된장도 안 가져왔다고 하니 오늘 왜 이러냐고 따진다. 나 오늘 준비해 온 것 있잖아! 종주 능선에 달 리본, 이 고운 예쁜 리본 갖고 왔잖아! 그날 난 리본 십여 개를 만들어 주머니에 넣어서 왔다, 그리고 적절한 곳에 붙여 주었다. 내가 산에서 길을 알려 준 것이 리본이라고 자랑을 했더니 어느 사람이 나에게 그 고마움을 산에게 갚아야 한다며 만들어 주었다. 나는 그 덕분에 그 자리에 그 리본을 달고 바람에 나부끼는 모습을 보며 만들어

준 사람의 모습을 본 듯한 착각에 잠기기도 한다.

　길은 이제 빤하였다. 높지도 않아 그냥 능선을 가면 되었다. 어느 산길에 마음의 끈 다 놓고 하염없이 걸어가는데 길 아래서 목탁 소리가 은은하게 울려 퍼졌다. 아우가 절인가 보다 한다. 나는 그제야 소리가 들렸다. 내려가 보자! 아우 말이 그냥 가잖다. 아니야, 내 친구 박 처사랑 약속을 했어 오늘은 초파일이니 절이 나오면 밥 공양을 먹기고 하고 난 시주를 하기로 했어. 능선에서 5분도 아니 내려가니 바로 작은 암자가 나왔다. 자동차 길이 그 절 입구까지 올라오는 시골이지만 괜찮은 암자였다. 사실이지 우리는 이미 점심을 한 그릇씩 짊어지고 왔고 또 적당한 산채 반찬까지 준비하고 있었기에 절 밥을 꼭 얻어먹겠다는 마음은 애당초부터 없었다. 우린 산 위에서 내려가니 절의 뒤를 돌아 들어가야 했다. 나이가 적당히 들어 보이는 보살 한 분이 뒤뜰로 나서다가 등산복 차림의 우릴 보며 식사를 하고 가라고 권한다. 마치 주인인 양. 인사로 고맙다고 하고 절 마당에 들어섰다. 절은 고찰은 아니지만 단아하게 조경이 되고 건물들이 층층이 높이를 가지고 배치되었다. 목탁과 염불 소리는 끊임없이 흘러 나왔다.

　　　　　　　　　　　　　　　그리운 영신봉

절 경내로 들어서서 대웅전과 약수터로 돌아가서 목을 축이고 손을 바가지 물로 간단하게 닦았다. 저 낙동강서 여기까지 걸어 오면서 능선에서 절을 만나긴 처음이다. 그것도 사월 초파일날, 배낭을 벗어 두고 산 아래를 바라보며 봄의 산하를 그리고 시골 의 냄새를 맡는다. 여기저기 나무 그늘 아래에 식사를 하고 있었 다. 젊은 부부와 아이들, 나이든 할머니 친구들, 또 혼자 온 아저 씨, 모두들 어떤 연유로 오늘 이 절을 찾았는지는 모른다. 그러나 하나 꼭 같은 것은 이 시간 이 장소에 같이 모였다는 것이다. 이는 내 생각에 인연의 프로그램에 이미 등재되었던 기록이 있었을 것 이라는 혼자만의 생각을 가지며, 이 고장 할머니의 배려로 자리에 앉아서 상을 받았다. 내가 앉아서 상을 받는 사람은 아닌데 식당 에 가니 할머니 한 분이 내가 비빔밥 한 그릇을 얻어 가겠다고 하 니 끝내 저쪽 자리에 앉아서 기다리라는 것이었다. 갖다주시겠다 는 것이다. 그 할머니 표정을 보니 나에게 밥상 한 상을 직접 차려 주고픈 마음이 역력하게 보였다. 하는 수없이 아우랑 나는 바람 이 잘 부는 벚나무 그늘 아래에 펼쳐진 멍석자리에 앉아 속에 든 상념의 끈을 놓고 마냥 불어오는 바람에 나를 실어 버렸다.

산채비빔밥에 된장국, 국김치, 단술(감주), 쑥으로 빚은 절편 한 접시, 정말 이런 성찬이 어디 있나! 그런데 옆자리 일행 몇 분이 앉았다. 할머니 일행들이시다. 그분들의 비빔밥 한 그릇이 더 왔는데 우릴 보더니 아마도 장정인데 한 그릇으로 모자라지 싶었던가 보다. 비빔밥 한 그릇을 넘겨주셨다. 우린 한 그릇 반씩 먹었다. 단술도 절편도 들어온 그릇은 모조리 비웠다. 아! 이런 홍복을 어디서 만나는가? 때맞추어 먹는 식사. 내가 어디 맞추어 오려고 한 일도 아니건만 시계를 보니 꼭 점심을 먹을 시간이 지나가고 있었다. 친구 박 처사 말이 생각이 났다. 그는 불자이니 불자가 아닌 나보고 오늘은 절 밥을 먹게! 가다 절이 보이면 꼭 들어가서 밥도 먹고 시주도 좀 해 보게! 그렇지 시주라고 할 게 있나! 먹은 밥값이라도 치루고 가는 게 내 맘이 편한걸.

마이크에서 여자 스님의 음성이 흘러나왔다. 젊은 목소리였다. 할머니를 모아 놓고 설법은 아니 하시고 마냥 설교를 하고 계신다. 내용인즉 스님이 염불하는 동안 여기 오신 할머니들께서 다 식사한다고 밖으로 나가신 모양이다. 염불이 끝나고 보니 뒤에 앉아 계시던 할머니들이 안 보이시는 다시 불러들이셔서 꾸짖고 있었다.

한두 번 타이르시고 말 일이지 귀가 따갑도록 따진다. 참으로 답답한 스님이시다. 저 할머니들을 오늘 다 가르치겠다고 나서는 꼴이다. 우리말에 스님도 염불에는 관심이 없고 잿밥에만 관심이 있다는 말도 있는데. 어린 중생들이 그러함은 마땅한 이치이거늘….

퍼떡 이런 생각이 인다.

절은 절이고

나는 나다.

이 말의 뜻은

절의 스님은 스님이고

"나는 나다."란 나는 누구인가를 알아야 한다는 이치다.

스님은 스님이시니 스님의 앎과 삶과 도리가 있을 것이고 우리 중생들은 중생이니 스님의 길을 어찌 알려 주려고 하느냐. 중생인 우리가 과연 무엇인가? 누구인가?를 알아야 깨우침의 길인 것을, 부처의 가르침이 이것이 아닐까 하는 생각이 들며 그냥 입에서 이런 되뇌임이 나왔다. 밥상을 물리고 등산화 끈을 여미고 어디에다가 밥상을 드리나 하고 살피니 대웅전 시주함에는 아직도 할머니와 그 스님이 실랑이를 하고 계시고 나는 부속 건물에 접수처라는 곳에 종무 일을 하시는 분이 계셨다. 밥값이라는 생각으로 드렸지만 말을 그렇게 할 수가 없어 인사를 하고 작은 돈이지만 시주를 하고 싶다고 하니 따라오라고 했다. 결국 법당을 갔다. 나보고 직접 넣으라고 하였지만 신발 핑계로 대신 넣게 하고 나왔다. 이곳은 화정암 경남 하동군 북천면 화정리 36번지 그렇다면 우린 이제 하동까지 왔단 말인가? 아니, 하동이라면 이제 이 골짜기 물이 저 섬진강으로 간다는 말이 아닌가. 그러하지 횡천이 나오고 횡천강이 나오고 그 강물이 섬진강으로 이어지지. 나는 머리에 지도를 기억하며 그 동안 걸어왔던 길들이 아스라이 스쳐 지나갔다. 참으로 멀고도 먼 대장정이다. 이 년이 걸려 가고 있질 않는가!

12시 30분 북천면과 옥종면을 잇는 1005번 지방도인 배토재를 지났다.

백토인 고령토가 나는 곳이다. 백토가 배토가 되어 배토재가 되었다는데 이곳엔 고령토 광산인 주식회사 범우라는 공장이 있다. 점심까지 얻어먹었으니 시간이 넉넉해졌다. 밥을 싸와서 먹어도 한 시간을 소요할 점심시간을 절에서 한 30분 만에 편히 쉬면서 해결을 했으니 말이다. 산길은 점점 산속으로 들어가는 기분이 들었다. 정맥은 마치 병풍처럼 토성처럼 그 성곽을 남과 북을 경계하고 북으로 멀리 남강물이 너울거리는 정경이 보이는 듯하고, 남으로는 작은 야산들이 있다지만 남녘에는 바다가 있을 것이라는 느낌이 드는 산자락이었다. 길은 둔힐 듯 나타나고 그러면서 동서남북은 모르지만은 머리의 귀, 달팽이관의 나침반에는 아직은 방향은 살아 있었다. 이건 아마 해의 영향이 있지 싶다, 해가 막연한 내 감각의 나침반의 길을 열고 있다는 것이다. 정말로 깜깜한 밤에는 동서남북 하나도 헤아릴 수가 없었다.

산에는 손가락만큼 굵은 고사리들이 고사리 손을 쥐고 대를 올리고 있었다. 아우는 바쁘다. 길 가랴 고사리 꺾으랴 앞서 가는 나 찾아가랴. 나도 아우를 기다리기가 무료하여 고사리를 꺾는다. 쉬기 심심하니 풀이로 꺾는다. 목장 같은 풀밭을 지나면서 층층이 진달래 밭이었는데 진달래는 지고 이제 고사리들이 머리를 치솟고 그래도 높이가 있는 봉우리에는 산철쭉이 피었다. 오늘 내내 산길에서 사람 한 사람 만나지 못했는데 맞은편 숲 속에서 인기척이 들렸다. 마치 반대편에서 오는 산사람들 소리같이. 길 아래 지리산 산철쭉이 한 아름 흩어지게 피어나는 초여름 같은 정오의 햇살 아래 산신령의 모습으로 할아버지 한 분이 서 계셨다. 철쭉 숲을 적당히 가슴까지 담그고 얼굴만 보이는 모습으로 나 앞에 나타나셨다. 할아버지가 서 있는 철쭉밭 속을 헤치고 들어갔다. 할아버지는 어깨에 멜빵을 하여 보자기를 메고 계셨다.

어디서 오냐고 묻는다. 우린 부산서 왔어요.

"할아버지 뭘 캐셔요?"

"꼬싸리 깬다."

"많이 깼나요?"

별로 없어! 아니, 여기저기 이곳엔 많은데 아마 할아버지는 이곳에 해마다 오시는데 금년에는 예년보다 없다는 말씀일 거야. 나는 들고 있던 작은 양이지만 꺾은 고사리를 할아버지 보자기에 다 부어 드렸다.

"아니 날 주면 어떡하노? 가져가야제!"

“할아버지 전 얼마 못 꺾어서 그냥 다 드립니다. 다음에 절 만나면 돌려주시지요.”

“가끔씩 산행하는 사람들이 여길 지나가긴 해. 부산서 왔다고 하기도 하고. 오늘 할멈이 절에 간다고 난 심심해서 고사리 꺾으러 왔어!”

내 눈에 일흔은 넘으신 할아버지이시다.

“할아버지 점심은요?”

“아직 안 먹었어!”

뭘 좀 드리고 싶은데 드릴 것이 없었다. 밥뿐인데 여기서 펴기도 좀 어색하고 할 수 없이 작별을 고하고 또 길을 찾아간다. 산이 제법 산 같다. 숲이 짙고 바위가 숲 속에 보이고 산철쭉 꽃이 붉게 타고 있었다. 산 아래가 바라다보이고 타람은 바위 위로 살랑거리며 불었다. 나는 바위에 앉아 버렸다. 한낮의 더위에 지치는 듯하였다. 식수통을 꺼내 한 모금 마시다 ‘아차, 물이라도 드리고 올걸.’ 했다. 마른 풀 먼지에 서 계셨으니 독이 마르셨을 터인데. 하얀 향기로운 꽃이 바위 사이에 피었다. 호박벌이 부지런히 들랑거린다. 가만히 내려다보니 꽃마다 벌들이 앉았다. 신기하게도 벌들이 꽃만 알고 들어간다. 이 못난 나는 꽃이 아니니 나에게는 오질 않는다. 난 다음에 태어난다면 꼭 꽃으로 태어나리다. 꽃피는 나무로 태어나리다. 그리하여 꿀벌의 춤을 불러 보리다.

이 빛나는 봄날의 정오에 불타는 태양을 다 받으며 나앉았다. 시원한 바람에 그냥 입은 옷을 훌훌 벗어 버린다. 다 벗어 버린다. 런닝을 벗고 이제 바지와 빤츠까지 내려 버렸다. 바람이 불어 젖은 몸을 순식간에 말리고 햇살이 속살을 파고 들어왔다. 따스한 햇살에 차가운 바람이 조화를 이룬다. 내가 신선이 아니라면 도사이거나 아니면 적어도 작은 산 짐승쯤은 되리다, 오늘은.

따라온 아우가 따라서 훌훌 벗는다. 둘은 아무 느낌이 없다. 벗은 몸은 있어도 없는 듯하다. 그만큼 우린 서로를 안다. 마음속을 안다는 말이다.

602봉인가 보다 산마루에는 억새밭이 적당히 펼쳐져 있고 그 밭자락에는 온통 얼레지가 예비군복 잎파리를 땅 위에 깔고 피어나고 있었다. 반가웠다. 작년 봄 저 천관산 산행에서 보고 첨이다. 언제 이만큼 잎새가 올라왔을까? 큰 떡잎 두 장이 전부인 얼레지는 잎이 다 자란 크기였다. 꽃대가 보였다. 얼레지는 학의 목

     그리운 영신봉

모양으로 꽃대를 올린다. 그 대 위에 한 개의 꽃을 피운다. 학이 춤을 추는 모습으로 꽃을 피운다. 아직 꽃이 안 핀 모양이지! 아뿔싸, 꽃이 안 핀 것이 아니라 벌써 지고 꽃대에는 씨방이 붙었다. 이런 일이 있나? 그럼 그 사이에 저 많은 얼레지가 다 꽃을 피우고 져 버렸단 말인가? 서운하기 그지없었다. 얼레지는 아주 잠깐 사이에 꽃이 피고 일제히 꽃을 지우는 습생인가 보다. 우리가 좀 더 빨리 지리산으로 간다면 아직 지리산의 얼레지는 안 피고 있을지도 모른다. 왜냐면 여기와 지리산은 계절은 보름이나 한 달은 차이가 나기 때문이다. 그 봉우리에서 갈라지는 산길을 잘 확인해야 한다. 잘못하여 북으로 가면 옥종 유황온천이 있는 곳으로 빠진다. 리본이 그쪽으로도 붙어 있다. 물론 옥종 안내 리본이었다. 우린 오던 길에서 직진으로 리본을 확인하여 갔었다. 이제 멀리 지리산 연봉들이 아스라이 나타났었다. 산의 고도가 점점 높아졌으니 산철쭉 꽃무리도 점점 화려해졌다.

14시 30분. 지금까지 걸어온 코스에서 함안 여항산 이후 가장 높은 산인 옥산(614m)에 올랐다. 옥산 오르는 길은 황홀경이었다. 누가 이렇게 이야기를 적어 두었다. '가을날 억새꽃이 휘날리는 날, 이곳을 오르면서 이곳에 봄날에 온다면 이 철쭉의 군락이 얼마나 아름다울까?' 하고 말이다. 그 4월에 우린 붉게 타는 산철쭉 꽃이 파도처럼 밀려 피어나는 광활하고 아름다운 붉은 융단 자락을 밟고 걸어갔었다. 어찌 세 치 혀로 다 말하리요! 내 짧은 문장으로 다 적으리요! 산을 오르면서 바라본 옥산 철쭉 꽃밭은 파노라마였다. 이건 天上의 절경이었다. 봄바람에 쓸어 넘어지는 꽃의 함성이었다. 그 아스라한 그리고 적당히 펑퍼짐한 오름을 다 올라섰다. 넓은 바위가 산정을 펴고 앉은 정상에서 바라보니 사방팔방이 한 눈에 잡힌다.

아! 드디어 천왕봉이 보이고 지리산 종주능선도 보이고 우리가 걸어갈 삼신봉의 줄기며 건너 하동 악양으로 빠지는 남부능선 형제봉 줄기도 보인다. 이 봉우리가 바로 그동안 우리가 걸어온 낙남정맥의 몸통이라면 이제 그 머리를 향해서 간다. 머리의 꼭대기는 바로 지리산 영신봉이다. 이제 지리산의 품으로 들어서는 것이다. 저쪽으로 섬진강이 자리하고 반대쪽으로 경호강, 덕천강이 흘러 남강으로 빠지고 또 한 자락은 바로 남쪽으로 흘러 남해로 직행하는 세 갈래 물줄기를 만드는 곳이다. 여기서 보면 그 물

  그리운 영신봉

길들이 보인다.

진주 파라글라이드 동호인이 세운 안내판에는 이곳이 파라글라이드 활공장이라고 표시를 했다. 남녘에서 불어오는 바람을 맞으며 편한 바위가 땅을 이룬 자리에 앉았다. 과일 하나씩 입에 물고 햇살을 받으며 하얀 이빨과 잇몸을 다 내놓고 큰 웃음을 짓는다. 그동안 걸어온 사천에서 여기까지 능선이 파노라마로 펼쳐져 보이는 제일 높은 봉우리에서 아무 업業 없이 시름없이 환한 웃음을 짓는다.

정녕 사람 사는 것이 무언가 말인가?

인생의 길이 어디에 있는가?

삶이 환희가 과연 무엇인가?

무심이 있다면 이게 무심無心일 것이다. 업 없는 상태, 티끌 하나 없는 상태가 바로 무심이지 싶다. 이 바람이 나에게 무언가 알려 주려고 왔는데 지금 내가 알고 있나? '누가 바람을 본 적이 있나요?'라는 구절이 생각이 났다. 그래, 내가 바람을 보았다고 하면 안 될까? 보이지 않는 바람을 본 적이 있냐고 물은 것은 누군가의 눈에는 볼 수도 있다는 말이 아닌가. 키 낮은 철쭉 밭을 내려갔다.

그 아래도 역시 얼레지들이 씨앗 주머니 방을 하나씩 들고 서 있
었다. 또 언제 여길 와서 이 얼레지를 볼까? 만약 내가 꼭 얼레지
를 찾을 일이 있다면 여길 오면 분명히 볼 수 있는 곳이다.

우린 어느새 바라다보이던 산들을 줄줄이 타고 넘어 산불 조심
초소가 덩그러니 혼자 서 있는 자리까지 걸어와 버렸다. 아저씨
한 분이 나왔다. 망원경으로 건너 지리산 쪽으로 산불이 난 자리
를 내다보고 있었다. 곁에 둔 무전기에서는 쉬지 않고 호출을 하
고 있었다. 그도 우리가 반가운가 보다. 지난번에 지리산에 산불
보도를 본 적이 있었는데 그곳이 이곳이란다. 저 불난 곳이 이 아
저씨 밤 과수원이었단다. 몇 년 전에 저곳에 산불이 난 자리인데
또 산불이 났다고 했다. 고사리 꺾는 사람의 소행인데 못 잡아서
손해가 여간 아니라고 안타까워하고 있었다. 산불이 지나간 자리
에는 고사리가 무성하기 마련이다. 우리가 걸어갈 곳이 바로 저
산불 난 숯검정 속으로 가야 한단다.

하오 4시 20분 우리는 옥종면과 북천면을 연결하는 1003번 지
방도가 지나는 돌고지재를 지났다. 오늘 산행 시간 총 7시간 30

분이면 이제 하산하여 귀가할 시간이었다. 봄날의 산행에서 우린 해 때문에 끝내야 시간을 놓치고 만 적이 작년에도 있었는데 그날도 우린 아직 해가 중천에 있다는 착각에 저 지리산 줄기를 보고 올라서고 말았다. 그 이유 중에는 여기서 중단하면 이 재가 차가 다니는 길도 아니고 어디로 얼마나 가야 2번 국도를 만나는지도 알 수가 없기에 다음 도로가 나오는 곳까지 걸어가 보자는 심사가 깔려 있었다. 알 수 없는 길로 포장길이 열려 있고 우린 산으로 연결된 곳을 찾아 오르다 리본을 발견하고 올라섰다. 난 아마 이 길이 저 청학동으로 연결되는 도로로 착각을 하고 말았다. 지금도 그 길이 어느 길인지 모른다. 산길을 어느 정도 올라서자 낮은 동산머리에 저 아래로 청암면으로 연결되는 듯한 골짜기가 보이고 바람은 아주 시원하게 불어 주고 있었다. 남은 과일 하나를 더 깎아서 나누어 먹고는 이제 가겠다고 이미 들어선 이상 다음 고갯길이 나올 때까지 걸어가는 거다.

　얼마나 가야 할지 우린 모른다. 이제 남은 시간은 7시까지 걷는다면 2시간 반, 허나 산골짜기는 6시가 넘으면 어두워질 것이다. 자, 고사리는 그만 꺾고 본격적으로 걸어가 보자! 우리 특기가 이렇게 해가 질 무렵에 달리기를 잘하질 않는가. 아우는 배낭이 예전 같지가 않다고 한다. 생각해 보니 우리는 지고 온 점심을 그대로 지고 있었던 것이다. 능선 길은 좌우로 열려서 바람이 넘어가는 길이었다. 과수원이 북으로 펼쳐진 농장을 오르니 보이던 불탄 자리가 나왔다. 아직도 탄내가 땅에서 폴폴 까만 먼지가 신발에 묻어 올라오는 까만 흙길이었다. 수십 년 된 소나무며 갈참나무가 타서 까만 숯 기둥이 되어 버린 곳에도 생명의 끈기를 보여주는 고사리를 아기 손 같은 꼬막손을 쥐고 여린 목을 올리고 있었다. 제일 먼저 올라오는 놈이 고사리순이었다. 리본도 타 버리고 길도 타 버렸다. 그러나 사방이 잘 보였다. 그냥 산 위로 올라섰다. 능선에는 길이 열렸다. 불길이 사람이 다닌 자리는 탈 곳이 없어서인지 갈색 길이 까만 산에 새겨져 있었다.

고목의 소나무 참나무가 타 버려 까만 장승이 되어 산머리에 꽂혀 있다. 매캐한 탄 냄새를 맡으며 산 위를 보고 경사를 타고 올라야 했다. 밟히는 풀과 나무가 없으니 흙이 폭삭 거리며 미끄러지기도 하였다. 우린 마치 신들린 사람처럼 용케 길을 찾아갔다. 여긴 길이란 게 없었다. 타 버린 자리에 남은 것은 비탈진 평지인

데 허나 길의 느낌은 있었다. 물론 리본들도 다 타 버려서 길잡이
는 없었다. 첫 봉우리에 올라서니 산불이 탄 자리와 남은 자리가
썩혀 있었다. 불난 후에 왔다 갔는지 타다 남은 나무 가지에 리본
이 있었다. 갖고 온 산아 리본 하나를 산정에 달았다. 휘날림이
보기 좋았다. 이제 남은 간식 하나를 마저 먹고 또 걸었다. 커다
란 바위가 길을 막고 앉았다. 이 바위가 이번 산불의 불길을 끊었
다. 불은 바위를 넘지 못하고 결국 잡히고 말았다. 이제부터 숲길
이다. 능선이 나오고 오름이 나오고 또 능선이 나오고 그러니 결
국 고도를 계속 높이고 있었다. 그렇지 이제 지리산 산중으로 가
고 있다. 한 시간쯤 올라왔겠지 산정에서 저 옥정 땅이 내려다보
이고 남강의 상류가 보이는 조망 좋은 꼭대기 바위에 앉았다. 다
리를 좀 쉬어야 하겠다. 시계를 보니 17시 30분, 참으로 내려다보
기 좋은 장소이다. 내가 언제 다시 여길 와 볼 수 있겠나! 아무리
바빠도 쉼 한번 크게 쉬고 눈 맛 한번 즐겨 보자! 이제 식수도 거
의 동이 났구나!

어디까지 가야 재가 나올까? 지도도 없으니 그렇다고 우린 후
레쉬 하나 없질 않는가? 만약에 저물어지고 길을 잃으면 어떡하
지? 최선의 방법은 현재 쉬지 않고 좀 더 멀리까지 가야 한다. 아

직은 길이 보이고 희망이 있다. 뛰자! 뛰자! 나는 앞서서 막 쏜살 같이 뛰었다. 아우는 저만치 처지기 시작한다. 지난번 진례에서 진눈깨비 내리던 날 저녁 무렵에 용지봉을 향해 오르던 기억이 되살아났다. 그때도 아우는 지쳤다며 한참 뒤져서 왔다. 나는 이런 위기 상황이면 초인적인 기력이 살아나는 특기가 있다. 하여간 숲길을 묻힌 길을 따라 뛰었다. 그래도 길은 한 길이고 리본이 잘 안내를 해 주었다. 길은 점점 어두워 저만치도 보이질 않는다. 앞에 가야 길이 보일 따름이다.

어찌 이리도 잡나무가 뒤엉켜 자라고 있을까? 이런 산중에 길이 있다는 것만도 다행이었다. 아무런 딴 생각은 없었다. 어두워지기 전에 임도를 만나야 한다. 3시간 반을 가면 임도가 나온다고는 되어 있다. 그렇다면 우린 지금 2시간을 내달리고 있었다. 우리가 가는 방향이 북쪽인 것 같다. 이제 산길은 쉬지 않고 내려가고 있었다. 감이 왔다. 사방으로 보이는 것은 숲뿐이다. 산 아래가 보이지 않는 곳이다. 그러나 내려가는 모양새가 재가 나올 기미가 느껴졌다. 드디어 건너 산이 바라보이는 걸 보니 이 아래에 재가 있을 것이다. 비포장도로가 나왔다. 임도공사 안내판에는 상이재라고 되어 있었다. 하동군 청암면 상이리 상이재였다. 온몸이 땀으로 뒤범벅이 되었다. 머리끝부터 발끝까지, 도로 공터에 주저앉았다. 12시에 점심 먹고 지금까지 걸었으니 아니 뛰길 반이나 했으니 시장했다. 밥을 먹자! 우린 점심은 절에서 먹고 가져온 밥을 지고 왔질 않는가. 부처님이 우리 점심을 주셨고 이 저녁은 부처님이 남겨 주신 것이다. 라면 하나를 끓이는 동안에 김치로 식은 밥덩이를 밀어 넣었다. 꿀맛이었다. 이제 살 것 같았다. 잔잔한 미소가 우러나왔다. 라면을 끓이고 그 많은 밥을 다 먹고 일어섰다.

이제 달이 없어도 어둠이 내려도 걱정이 없다. 이 임도만 따라 내려가면 마을이 나오고 길이 나올 것이니 얼마나 걸려도 상관이 없다. 어슬렁어슬렁 계곡을 따라 굽이치는 임도는 사방에 산을 세우고 숲을 연출하며 내려간다. 이제는 노송나무가 길 곁에서 휘어져 정취를 만들고 그 아래로 계류의 물소리가 청아하게 들리는 산중의 어스름이다. 소창청기에 이르기를,

물소리는 한밤중이요.

산색은 해질녘이라.

배를 불리고 임무를 완수하고 이렇게 산길, 비포장 산길을 정처 없이 걸어가는 정취란 아니 가 본 사람은 절대로 알 수가 없지! 하염없이 정처 없이 터벅터벅 걸어가는 이 길. 길은 굽이쳐 있고 길 위로 산의 신록은 어느새 저렇게도 짙어져 버렸는가. 한 시간이나 걸려 내려왔다. 커다란 호수가 나왔다. 정말 큰 호수가 큰 골짜기에 나앉아 있었다. 온통 계곡을 가로막고 호수가 누워 있었다. 그러면 이 호수가 청암댐이구나. 그렇다면 여기서 더 올라가야 청학동이겠구나. 독가옥 2채가 있었다. 호수를 끼고 포장도로가 있었지만 차가 다닐 기미는 전혀 보이지 않았다. 내가 예상했던 청학동 가는 길은 호수 건너편으로 아스라이 보일 뿐 여기서 저 차 도로로 간다는 일은 이 호수를 건너가야 하는 일인데. 마을에는 그저 정적만이 담겨 있다. 사람을 만나야 물어볼 일인데. 저 집 밭에 아저씨 한 분이 촛불을 켜고 있었다. 인사를 드리고 길을 묻는다. 아저씨 말씀은 벌써 막차도 끊기고 한 8킬로를 더 내려가야 마을을 만날 것이니 웬만하면 자고 낼 떠나라고 하신다.

하루에 차가 하동에서 5회 들어온다고 했다. 이곳이 상이마을이다. 버스시간은 하동에서 8:20/11:00/13:00/15:00/19:00 청암댐에서 내리면 된다고 그래 이걸 적어 두어야지 다음에 여길 와야하는데 또 상이재로 가야 하잖아! 그렇다고 여기서 주저앉을 수는 없는 일이다. 내일 출근을 해야 하고 조 오늘을 마무리해야 다음을 기약할 수 있는 것이 이치이다. 가자! 내려가자! 걷는 것이 우리의 주특기이고 재산인데 걸어가자! 포기하지 말고 움직이면 길이 보인다. 호수를 끼고 난 작은 신작로 길을 저물어 버린 어스름에 둘은 또 걸었다. 터벅터벅 발걸음 놓이는 대로 길을 간다. 포장길이라 나는 길 옆 풀 길을 걸었다. 강물이 시퍼렇게 물을 그 짙은 물빛을 드러낸다. 아우가 말하길 물로 뛰어들어 헤어서 그쪽까지 갈까요? 아마도 그쪽에 차가 다니니 그런 생각을 한 모양이다.

"내가 배낭을 지킬 터이니 다녀오려무나."

"같이 가야제."

"난 싫어. 추울 것 같애."

"형님은 참 의리도 없소."

그리고 보니 난 아우에게 항상 말이라도 의리 있게 한 적이 없

구나. 미안하구나. 지금 생각하니 다음에는 좀 더 의리 있게 대하
여야겠다. 어둠이 짙게 깔린 청암 호수에는 별들이 내려와 자고
있었다. 달이 없으니 별이 하나둘 나타나는 밤길이었다. 이런 밤
길 혼자서도 많이 걸었다. 예전에는. 호수의 댐에는 차로가 백 미
터쯤 뻗어 있었다. 웬 승용차 한 대가 불빛을 쏘며 건너오고 있었
다. 일단 지나온 마을로 가는 모양이구나. 우린 수심이 깊은 못 물
을 내려다보며 지나가는 차량의 형체를 보니 경광등을 켜고 있었
다. 순찰차구나. 차가 우릴 보고 그냥 지나가는 듯, 소리를 쳤다.

　차가 저만치 지나가서 섰다. 창을 열고 무어라고 말을 한다. 나
는 차량까지 가까이 걸어갔다. 그리고 우리의 사정을 이야기했
다. 처음에 순찰 중이란다. 순찰 후에는 내려갈 것 아닌가? 그럼
일단 타라고 한다. 우린 뒤 자석에 앉았다. 여기는 아주 밤이면 무
서운 곳이라고 했다. 살인사건도 일어났고 귀신 이야기도 들리는
곳이란다. 하여간 우린 모르니 아무 탈 없이 잘 내려왔다. 독가촌
의 아저씨 이야기가 생각이 났다. 사건사고가 일어나니 자고 가
라고 권하던 이야기 말이다.

　우린 청암면 횡천까지 꽤 먼 거리를 까만 밤을 뚫고 순찰차를

　　　　　　　　　　　　　　　　　　　그리운 영신봉

타고 내려갔다. 순찰차는 우리가 차를 세워 둔 곳까지는 갈 수가 없단다. 관내를 벗어나면 그 쪽 관내 파출소에서 연락이 온다고 하동면 북천면 황호산 휴게소까지 태워 주었다. 내가 여기까지 오면서 참 산전수전 다 겪었지만 이렇게 밤중에 순찰차로 호송까지 될 줄이야. 하고 고마워서 주소라도 주면 다음에 책이라고 한 권 보내 주겠소 하며 주소 받길 원했지만. 고장에 온 손님이시고 이렇게 도움이 필요한 사람을 도와주는 일이 본분이고 했다. 젊은 순경이 아는 것도 참 많구나. 그래 이 글을 쓰니 마치 생각이 미치는구나. 그날 주소를 못 얻어 책을 돗 보낼 거라고 했지만 가만히 생각해보니 파출소를 아니 이름은 몰라도 보내면 되겠구나.

황호산 휴게소에는 형광등 불빛아래 시골 농부 네댓 분이 맥주를 마시고 있었다. 차를 구하려고 알아보니 그들은 방향이 반대라고 했다. 손을 들고 지나가는 차를 세워 보아도 날이 어둡고 이런 밤중 산중에 지나가는 차를 세워 탄다는 것이 쉬운 일이 아니다. 그리고 혹 차를 세워 준다고 해도 어디에서 내려야 할지 운전사도 나도 모르지 않는가. 낮도 아니고 밤에 그리고 그곳(오랑동)의 지형도 모르지 않는가. 2번 국도변 어느 길옆인데 말이다. 난

손을 들고 몇 번 시도를 하다 말고 아우를 남겨 두고 그 술 마시는 아저씨들에게 갔다. 그리고 여기서 오랑동까지의 거리와 지형을 배우기로 했다. 누가 차를 세워 주어도 내릴 곳을 정확히 해야 태워 준 사람에게 폐를 덜 끼치는 셈이 되니 말이다.

내가 다시 그들 곁으로 가자 한 분이 의자를 권하면서 앉아 보라고 한다. 일단 앉자! 그리고는 그는 마시던 맥주 한 컵을 따라 주며 주위 친구들에게 이런 제안을 한다.

그의 집으로 돌아 갈 것이 아니라 북천으로 누굴 만나러 가자고 한다. 그러니 같이 계시던 친구들이 다들 찬성이다. 그리하여 난 그들과 같이 북천면 소재지까지 그들 차로 호송되었다. 그들이 내려 준 마을 파출소에 가서 또 사정 이야기를 하니 그들은 바로 택시를 불러 주었다. 여기에서 오랑동까지는 택시 5000원이면 가는 거리였다. 그날 우리는 차를 세 번 갈아타고 오는 길을 산길로 하루 종일 걸어서 갔던 것이다.

얼마나 걸었을까? 아침 8시에 산행 시작하여 저녁 6시 15분에 상이재까지 그리고 또 한 시간 더 걸어서 7시가 넘어 상이 마을까지 그리고 또 한 30분 걸어 순찰차를 만났으니 저녁 8시가 넘었을 것이다. 그러면 12시간을 걸었던 것이다. 어림잡아 한 25km는 걸었다. 그러나 차를 타고 오는 거리는 산을 빙빙 돌아오니 40km는 되는 거리일 것이다. 아우와 나는 까만 캄에 홀로 기다리는 우리 승용차에 오르면서 포옹을 했다. 오늘의 무사 귀환을 축하하면서 그리고 오늘의 기억들은 아름다운 추억들이 될 것이다. 하루 동안 내린 송홧가루가 온통 차를 덮고 있었다. 노란 날이다. 하늘도 산도 땅도 그리고 우리들이 입은 옷까지 송화가 날리는 오월의 산 하는 노란색이 우릴 만든다. 그래서 우린 황인종인가보다.

여기까지 쓰고 보니 빠뜨린 이야기 하나가 생각이 나서 덧붙인다. 그날 걸은 산길에서 만난 희멀건 분홍빛 철쭉꽃 말이다. 연두색으로 온갖 치장을 한 수풀 속에 핀 한그루의 키 큰 지리산 철쭉을 어떻게 표현해야 그 철쭉에게 미안 안 할까. 아무리 바빠도 그 모양은 눈에 담지 않을 수가 없었다. 지리산 철쭉은 여기보다 늦게 핀다. 그리고 꽃잎이 좀 두꺼우나 연하긴 상추 잎 같다. 그리고 그 송이가 크고 꽃의 수가 나무에 비해서 좀 적다. 허나 그 멋은 화려하지 않는 그윽함과 청순함이 묻어 있다.

금년 들어 처음으로 지리산 철쭉을 만난 것이다. 연달래 철쭉 지리산정 철쭉나무를 말한다. 저 세석의 철쭉도 오월 말에서 유월 초가 되어야 핀다. 우리가 여기로 올라가면 세석평전이 나올 것이고 다음번에는 정말로 세석 가는 길이니 철쭉을 마음껏 보며 걸을 수도 있으리라.

이제 이번의 산행기는 여기서 접으련다. 우린 사천으로 돌아왔다. 저녁도 이미 먹었으니 자는 일만 남았다. 아 오늘은 끝이 났고 내일을 위해 우리 산꾼은 미련 없이 자야한다. 아우는 창원으로 떠났다. 오월이 익어 가고 있다. 오월! 김용호님의 오월이.

오월의 유혹

곡마단 트럼팻 소리에
탑은 더 높아만 가고,
유유히
젖빛 구름이 흐르는
산 봉우리

분수인 양 치오르는 가슴을랑

네게 맡기고 사양에 서면

풍겨 오는 것

아기자기한 라일락 향기,

계절이 부푸는 이 교차점에서

청춘은 함초롬히 젖어나고,

넌 이브인가

푸른 유혹이 깃들여

감미롭게 핀

황홀한

5월.

7.
하동군 옥종면 궁항리 양이터에서 지리산 세석 영신봉까지

(2001년 5월 19일 – 2001년 5월 20일)

- 2001. 05. 19. 하동군 옥종면 궁항리 양이터에서 지리산 세석산장까지

- 2001. 05. 20. 정맥길을 따라 다시 걸어간 그리은 영신봉

하동 옥종면 궁항리 양이터재 – 산청 시천면 삼신봉재

하동군 옥종면 궁항리 양이터에서
지리산 세석산장까지

우리가 학교에서 배운 지리에는 산경표에 의한 산맥의 표시는 없다. 일제가 만든 지질학상의 광맥이랄까 하여간 그런 지맥으로 산맥을 만들었다. 태백산맥, 소백산맥 등등…. 산경표에 의한 산줄기의 구분은 물은 산을 넘어나 산은 물을 건너지 못한다. 이런 명제를 놓고 우리의 산줄기를 강줄기의 흐름으로 나누었던 것이다. 백두산에서 시작하여 지리산 천왕봉까지의 백두대간은 한반도 우리나라를 동서로 양분하고 그에 부속된 1정간과 13정맥으로 산줄기를 만들었던 것이다. 낙남정맥은 이 13정맥 중에 맨 남부에 위치한 정맥이었다. 강원도 태백시 매봉산에서 출발한 낙동정맥洛東正脈은 마루금 산줄기를 따라 동해바다로 흐르는 물과 남해바다 쪽으로 흐르는 물길로 나누게 되는 것이다. 같은 물줄기에 모여 사는 사람들의 문화와 풍습은 같을 것이라는 명제가 있다. 예전에는 산을 넘어 사는 사람과 내왕이 어려웠다. 교통의 어려움과 산세가 험하여 같이 어울리기가 어려웠을 것이다. 이런 환경 중, 기후가 확연히 구분된다는 것이다. 낙남정맥을 따라 가며 본 정맥의 북쪽은 남쪽보다도 춥다. 작은 재 하나를 두고 기온 차이가 있으며 겨울에 적설량이 다르다는 것이다. 그러니 식물의 생태가 다르고 가옥 구조가 다르고 사람들의 생각이 달랐다.

대구의 산꾼인 규수 아우가 우리가 걸어온 산길을 듣고 전화로 대강 우리가 걸어가야 할 길 안내를 해 주었다. 지난번 산행을 다녀와서 우리가 내려온 상이재가 어디쯤인지 가늠을 하면, 다음 산행으로 낙남종주 마무리를 할 수도 있다고 했다. 상이재에서 얼마를 더 가야 묵계재를 만나는지는 모르나 그 오차가 두세 시간 더 걷는 일의 차이일 것이니 아침 일찍 출발하여 당일로 영신봉까지 가서 그다음 날 천왕봉으로 내려오는 일정이 좋다는 합의를 했다. 그러면 규수 아우가 영신봉에서 천왕봉까지 같이 동행을 해 주겠다는 것이다. 그래, 해 보는 거야! 마음먹기에 달린 일이지!

출발 전날 아우가 늦게 사천 내 아파트로 왔다. 큰 배낭에 이틀 분 음식을 넣어 왔다. 아우는 오자마다 내일 아침을 짓는다. 11시가 되어 난 먼저 잠을 자고 다음 날(19일) 아침에 일어나니 솥에 밥이 그냥 놓여 있었다. 자명종이 4시에 울었지만 5시가 되어 일어나 아침밥도 싸고 점심도 쌌다. 오월은 봄이 왔다 가는 달이다. 봄기운이 쏠리는가 싶다 어느새 봄이 가고 있음을 알기 때문이다. 6시에 집을 나서니 벌써 아침 해가 저만치 치솟아 오르고 있었다. 나는 차를 몰고 2번 국도로 달렸다. 이번 종주 때문에 이 2번 국도를 손바닥 내려다보듯이 보는구나. 하동군 북천에서 지방도를 타고 산청 덕산 가는 길로 접어들었다. 오늘은 하동 청암면 상이리로 갈 예정을 바꿔서 상이재 동쪽의 궁항리로 가는 길이다. 도로는 옥종을 지나 궁항으로 가는 1005번 지방도를 바꿔 타고는 드디어 궁항마을 입구로 접어들었다. 산 어귀에 댐이라고 하기에 작지만 큰 저수지의 왼편을 올라 우리는 비포장을 포장한다고 도로를 파헤친 정리 안 된 도로를 따라 승용차가 갈 수 있는 곳까지 올랐다. 허나 차가 골짜기의 재까지 올라갈 수가 없고 또 그냥 올라설 수도 없었다. 우리가 가고자 하는 상이재가 맞는지도 모르기 때문이었다. 궁항의 작은 마을들이 내를 따라 보였기에 주산 아래 마을에서 상이재를 묻자 상이재로 빠지는 길은 골짜기 아래에 있다고 했다. 이리저리 건너 산줄기를 쳐다보니 아무래도 저곳이 재 같기도 하여 작은 다리를 건너 남쪽 작은 골짜기 양이터로 차를 몰았다.

우리는 대나무 숲이 마을 어귀 있는, 헌집이 서너 채가 있는 곳에 차를 세우고 식수를 구했다. 앞집과 뒷집 이렇게 두 집만 달랑 사는 앞집에는 인기척이 없어 뒷집으로 돌아 들어가 나는 물었다. 시골 아주머니 두 분이 나오시면서 인사를 받는다. 물 좀 얻자고 하니 앞집 마당에 수도가 있는데 하신다. 우리가 그 수도를 못 보아서 뒷집으로 간 것은 아니다. 사람 소리를 듣기 위해서 일부러 뒷집으로 간 것이다. 내가 물을 식수통에 담고 냉수 한 잔을 마시자 앞집 아주머니께서 나오셨다. 물맛이 일품이었다. 마을 뒤로 정맥이 흐르고 앞으로는 대숲이 마을 전체를 감싸고 앉은 독가촌 마을이었다. 물을 마신 후 배가 출출함을 느꼈다. 그러고 보니 아침식사도 아니 먹었구나. 아우야, 여기 물 곁에서 라면과 같이 아침을 먹고 가자! 우린 아주머니께 양허를 구하고 마당에 배낭을 내리고 밥을 꺼내었다. 그리고 마당어 퍼지고 앉자 아주머니

께서 마루를 내어 주시면서 끓일 일이 있다면 끓여 줄 터이니 달
라고 하신다. 우린 밥을 지어 왔기에 라면 하나 끓여 국으로 먹으
면 됩니다. 라면을 집어내자 그냥 라면을 끓여 준다고 하신다. 그
제야 방에서 나오시는 아저씨를 보았다. 쉰은 넘어 보이는 건장
한 중년의 아저씨는 참 푸근한 인상이셨다. 시골 계란 푼 라면으
로 시골 김치와 반찬 몇몇을 차란 밥상이 나왔다. 밥공기에 담아
온 밥과 시골 김치로 시장한 아침을 먹었다.

"여기 팔려고 내놓은 빈집 없나요?"
"어디 쓸려고?"
"제가 살려고요."
"무엇 하려고 여기서?"
"저야 시골 아니 산골에 사는 것이 꿈인걸요. 밭자락 좀 넓게 사
서 야생화도 키우고 산나물도 심고, 아이들 자연학습장으로 살고
싶답니다."

우린 아침을 먹고 아저씨가 안내하는 마을 앞 대나무 숲 속에
빈집을 구경하였다. 한 1000평의 밭에는 대나무가 살고 헌집이

두어 채 숲에 묻혀 있었다. 다만 집 곁에 물이 없었다. 수돗물이야 펑펑 솟아지지만 시냇물이 없었다. 아저씨 땅이 아니라 임자에게 흥정을 해 보아야겠지만 살고 싶으면 와요. 보니 심덕이 좋아 보여 같이 살면 좋을 듯하니 하신다. 바로 뒷집도 얼마 전에 서울서 부부가 내려와서 살고 있다고 하였다.

아침밥이야 우리가 지어 왔지만 우리가 갖고 온 라면도 안 받고 끓여 주신 인정을 받고 다음에 또 여길 와야 한다는 인사를 남기고 세워 둔 차에 가니 자동차에 미역 한 단이 보였다. 지난번에 보길도에서 구한 것이 그냥 담겨져 있었다. 별로 인사할 물건이 없었던 차라 냉큼 그놈을 들고 다시 아저씨를 만나 전해 주었다.

"돌미역이구만. 이 귀한 것을 그냥 주는 건가?"

나는 드릴 물건이 있다는 것이 얼마나 기쁘고 좋은지 어서 드리고 돌아섰다. 오늘은 꼭 전화 한 통화 넣어 보아야겠다. 우린 길의 끝까지 비포장이지만 승용차가 갈 수 있어 올랐다. 걸어도 멀지는 않지만 우리가 내려온 길이 아니면 우린 다시 내려와야 하니 차로 올랐다. 길이 끊어질 듯 다시 이어져 차는 산길을 굽이굽이 돌아 산 고갯마루에 올라섰다. 아우가 막 소리를 쳤다. 우리가 그날 저녁에 내려와서 라면을 끓여 먹고 산길을 내려온 바로 그 상이재였다. 눈 아래 골짜기로 온통 초록의 물결이 파아란 하늘로 치솟는 생명의 힘이 보이는 곳이다. 살아 있다는 것만으로 감사할 그런 힘과 숨결이 느껴지는 곳이었다. 비포장길이지만 청암 상이 쪽으로는 작은 자갈로 정리된 길이었다. 아우는 정말로 살아 있는 기운을 느꼈는지 시장기를 느끼는 것이 아니라 지난번에 내려와서 밀어내기를 했던 기억을 되살렸는지 밀어내기 한바탕을 하겠다는 것이다. 그래 이참에 나도 밀어내기다. 우린 각자의 지난번의 그 자리를 찾아서 갔다. 둥글레가 자라고 야생 난초가 연한 난 잎을 내미는 풀밭에 쪼그리고 앉아 밀어내기 한판을 벌리고 등산화로 갈아 신고 길을 건너 내려온 반대편 산길로 접어들었다.

숲은 가려 안 보이긴 해도 가끔씩 보이는 리본과 산은 깊으니 길이 갈라지지는 않았다. 제법 산을 타고 올라가야 했다. 언제나 그러하듯이 재를 만나면 반드시 능선길이 된비알이기 마련이다.

완전한 능선에 오르자 길 주위로 키 큰 나무들이 자라고 숲은 깊어만 갔다. 이제 숲은 완연한 녹음으로 옷을 갈아입었다. 이렇게 수많은 나무와 풀들은 다 제각기 다른 모습의 옷을 입고 있다. 잎 모양이나 꽃 모양이나 나무 모양도 다 다르다. 날은 맑으나 숲속은 무더워지기 시작이다. 아침이 깊어지니 기온은 오르고 바람 한 점 없는 습도 높은 날이었다. 어차피 한차례 땀을 흘려야 제대로 걸음의 진도가 나기 마련이다. 땀이 비 오듯 흐른다. 그러나 길은 산의 능선길이 칼을 세운 듯 곧고 긴 길이었다. 좌우로 언덕을 만들어 성벽 위를 걷듯이 걸었다. 저 아래 포크레인 소리가 들린다. 아마도 궁항리에 도로 공사 차량의 소음이지 싶다. 산새 소리와 기계음이 조화를 이룬다.

한 시간 반을 걸어 사방의 시야가 확보뙨 산불조심 초소가 나타났다. 청암댐이 내려다보이고 건너 주산아래 산마을과 비탈진 숲들이 보였다. 그리고 우리가 걸어온 능선도 쳐다보이는 처음 만나는 조망이 좋은 곳이었다. 산꾼들이 쉬어 간 쉼 돌들이 놓여 있고 빈 초소에는 헌 담요만 집을 지키고 있는 곳이다. 이런 곳이면 바람이 불어옴직도 한 곳인데도 바람 한 점 불지 않는다. 아우는 반바지를 꺼내 갈아입고 나는 눈 맛이 좋은 호수와 주산 아래 산마을을 더듬어 본다. 어디 살기 좋은 집 자리 하나 찾을 수가 없나 하고 마음은 온통 산자락에 집 지을 궁리로 가득하다. 풀꽃 마을을 가꾸어 아이들 산과 들 나무와 풀꽃을 알리는 일이 내 꿈인걸. 마음속에 담고 사니 언제인가 이루어지리다. 난 내가 이루고 싶은 일들은 거의 이루며 살았다. 누가 무어라 해도, 하며 살아온 사람이다. 초소를 떠나 내려서니 바로 길마재가 나왔다. 이곳이 궁항리에서 골짜기 길 따라 곧장 왔다면 이리고 왔을 것이다. 궁항리의 주 도로이다. 아직 자동차가 다닐 상태는 아니지만 짚차 정도는 다닐 수가 있을 것이다. 이 길을 넘어가면 아마도 청학동 아래 어느 마을길로 빠질 것이다.

길마재를 건너 산의 오름이 시작되었다. 이미 접어드니 곧장 가야지, 꼭 30분을 쉬지 않고 오르니 주산능선과 낙남정맥이 만나는 삼거리에 나왔다. 삼거리 나무 그늘에 앉아 휴대폰으로 대구 규수 아우에게 전화를 걸었다. 10시이면 아직 대구에서 출발하지 않을 시간인데 더 올라가면 전화가 안 될지도 모르니, 다행이 연결이 되었다. 막 대구를 출발하여 가고 있는 중이란다. 아내와 둘이서 온단다. 거림골로 올라 저녁에 세석산장에서 만나자! 우린 늦어도 간다. 세석까지 시간이 아무리 걸려도 걷는다. 아직 묵계 재도 안 지났으니 얼마나 걸릴지 나도 그도 모른다. 가 봐야 안다.

"저녁에 종주 축하 샴페인 파티라도 하자!"

날이 얼마나 더우면 이런 시귀가 떠오른다. 오월 어느 날 그 하루 무덥던 날.

오늘이 그 하루 무더운 오월 어느 날이그나! 바람 한 점 없는 산길이라 습도가 항아리에 갇힌 듯 찌는 듯한 날씨였다. 우리가 쉬었던 봉우리 이름을 지었다. 낙남정맥과 주산능선이 만나서 영신봉으로 가는 삼거리이니 주낙봉이라고 불렀다. 이제부터 본격적으로 지리산 능선으로 가는 길인 모양이다. 산죽이 길을 막고 지금까지 오르던 경사 길과는 비교가 되지 않는다. 산이 깊어짐과 산죽 속은 더위가 가득 고여 참으로 여간 인내가 아니면 이 오르막을 건디기 어려울 것이다. 오르막을 올라 공터에 앉았다. 바람이 일기 시작했다. 성터인 양 넓은 평지 늙어 죽은 고사목 아래서 푸른 하늘이 초록빛 잎새 사이에 비치는 하늘을 누워서 쳐다보며 산새소리에 가슴을 쓸어내린다. 여긴 정말로 적막강산 인적은 없는 곳이니 곰이라도 살 만한 곳이구나. 언제가 홀로 걷던 남부능선 횡주 길이 생각이 나고 산죽과 곰 생각도 났다. 아직 갈 길이 만만찮구나. 참나무 낙엽송 단풍나무 자작나무가 내리막길의 손잡이 되어 주는 길을 달려 내려와서 뒤를 쳐다보며 기다려도 아우가 내려오질 않는다. 억새가 길을 막는 재가 나왔다. 아우는 내리막에서 넘어졌다며 같이 가지 않고 먼저 간 나를 장난삼아 투정을 해 댄다.

12시 15분 청학동에서 고운동 상부댐으로 통하는 포장도로가 나왔다. 해발 796m 길을 건너 냇물이 졸졸 흐르는 시냇가 느티나무 아래서 남은 식수를 마시고 빈 통에 샘물을 채웠다. 그날 우리는 벌써 4통의 식수를 마셨고 그 자리에서 식수를 보충하였던 것이다. 그 샘을 만나지 않았다면 그 더운 날 우린 물 때문에 얼마나 고생을 했을까! 하여간 난 지금 오월 어느 날 그 하루 무덥던 날을 그리며 3개월이 지난 8월 하순 어느 날 지병으로 병원을 드나들면서 이 글을 쓰고 있다. 무던한 내 기억력이 아직도 존재해 주리라는 기대 아니 확신으로 그러나 참으로 안타까운 것은 그 기억을

 그리운 영신봉

살리는 데 시간이 걸린다는 것이다. 위의 성터 같다는 장소에 대한 기억을 살려내는데 글을 쓰고 지운 것이 세 번이나 되었다. 새소리를 들었다고 기억하는데 그 소리를 들은 곳이 아득하여서 말이다. 그러나 그 황성옛터처럼 달빛은 없으나 새소리는 아주 청아하고 맑은 봄의 속삭임같이 짝을 찾는 꾀꼬리같이 들린 봄날을 기억해 내는데 말이다.

이곳은 묵계치라고 잘못 알면 안 된다. 예전 산길로 청학동에서 고운동으로 걸어갈 시절에는 이곳은 길이 없었을 것이다. 그냥 재이나 고운동으로 연결되는 곳이라고 고운재 그 위의 묵계치가 가까운 재였다. 그러나 지리산 양수발전소가 지어지면서 상부댐이 아름다운 마을 고운동 아래에 건설되면서댐으로 오기 쉬운 곳인 이곳으로 고운재를 만들어서 이차선 포장 공사를 해서 공사차량이 용이하게 다니도록 만들었던 것이다. 이 길을 따라 내려가며 지리산 가장 산중마을 고운리로 갈 수가 있을 것이고 나는 지리산 상부댐은 안 보더라도 그 옛 마을만은 보고 싶지만 이제는 마을도 댐 때문에 밀려 올라가고 그 많던 작설차 밭도 어떻게 되었는지 모르겠다. 만약에 이곳에 상부댐이 만들어지지 않

았다면 모르긴 해도 산중에 살고 싶은 난 이 고운 최치운 선생님
이 사셨다는 고운 마을에 집을 지었을지도 모른다. 이제는 지리
산 양수발전소 상부댐의 관광명소가 되겠구나하는 씁쓸한 마음
을 삼키며 길을 재촉하였다. 정맥을 따라 한낮의 더위를 이제 친
구 삼아 산을 넘고 있었다. 정말로 한여름의 더위 마냥 습도가 끈
적끈적한 늦봄 더위는 갈증 속에 사람을 미치도록 근질근질 하도
록 마치 날 비웃는 것 같지만 난 특유의 끈기와 인내로 아무 소리
없이 앞장을 서서 고운재에서 묵계재로 가는 산마루 하나를 훌쩍
넘었다.

　이제 그 지리산 지도에서 유명한 묵계치는 잡목과 잡초에 묻혀
길조차 살필 수가 없는 곳이 되었다. 아마도 얼마 있지 않아 이 재
도 지도에서 사라질 것이다. 저 아래 고운재가 바로 묵계치를 없
앤 것이다. 이곳이 묵계치라고 알 수 있는 것은 헬기장이 남아 있
기 때문이다. 낙엽송은 오월의 하늘을 찌르듯이 자라고 있는데
그 옛날 이곳을 넘나들던 길손의 흔적은 아무 것도 없으니 산천은
의구하되 인걸은 간 곳이 없구나. 오직 바람 한 자락 시원하게 재
를 넘어가는구나. 그래 나도 먼 훗날 이곳을 지나가는 산꾼이 있

　　　　　　　　　　　　　　　　　　　　　　

다면 바람 한 자락이 되어 지나가며 오늘의 은혜를 갚아 주리다. 지리산 횡주 길은 어딜 가나 산죽의 길이다. 산죽이 키를 넘고 그 밭자락이 횡주 길을 따라 산비탈마다 나오니 내가 지난날 황금능선 횡주 길에서 만난 산죽 밭은 실로 십여 개도 넘었으니 오늘도 과연 몇 개나 넘어가야 할까? 묵계치를 지나 외삼신봉으로 오르는 길은 그야말로 심한 비탈길이다. 아마도 이 비탈길을 한번에 쉬지 않고 오를 수 있는 체력을 가졌다면 그대는 진정 대단한 산꾼일 것이다.

나는 이런 오르막길은 웬만하면 단숨에 오르길 좋아한다. 체력 시험을 해서가 아니라 쉬었다 가면 다시 시작할 때 아주 기분이 안 좋기 때문에 일행이 없다면 산정까지 그냥 단숨에 올라서 쉬는 스타일이다. 그런데 아침부터 땀도 많이 흘리고 좀 지쳤나 보다. 그러나 뒤따라오는 아우는 더욱 처지는 것이다. 그래도 쉬지는 말고 천천히 오르자. 참으로 긴 오름이었다. 아직 점심식사 전이구나. 이 오름은 지나서 먹어야지 먹은 후가 편안할 것이다. 길섶에 과일 껍질과 풀잎들이 떨어져 있는 걸 보니 아마 오늘 아침에 고운재에서 정맥 종주를 한 일행이 있나 보다. 앞선 일행들이 쉬다 간 쉼터 한곳에서 점심식사를 펼쳤다. 곁에 선 나뭇가지에다 웃옷과 런닝까지 벗어서 걸어 두고 우린 맨몸으로 식사를 했다. 2시부터 시작한 식사를 과일까지 먹고 커피 한잔마저 끓여 마시고 일어서니 한 시간이 지난 3시였다. 외삼신봉 못 가서 조망이 좋은 바위가 건너 푸른 산을 바라보며 멀리 고운동을 살피었으나 산은 산으로 겹겹이 싸여 다만 산들의 능선들만 할아버지 이마의 주름살처럼 산 주름이 져 있었다. 바위 곁에 연분홍빛 홍사초롱 금낭화가 피어서 날 반긴다. 새악시 같기도 하고 여인의 엉덩이 같기도 하고 한복 입은 색시의 족두리 같기도 한 꽃이 금낭화이다. 이렇게 바위 사이 바람이 지나가는 곳에서 시원한 바람을 맞아 보지 못한 사람은 그 시원함을 알 수가 없을 것이다. 봉우리를 몇 개나 올랐을까? 외삼신봉까지 가는 길 바위 사이에 그늘이 아름다워 올려다보니 해맑간 철쭉이 꽃그늘을 만들었구나. 아무리 시간이 없기로서니 여기 이 아름다운 철쭉꽃 그늘 아래서 한바탕 누워서 바람맞이를 해 보자구나!

나는 능선자락에 아늑하게 누운 바위를 타고 올라서 마치 꽃그늘이 바위 상을 차려 놓은 바위에 훌러덩 누워 버렸다. 이렇게 좋은 것을. 철쭉꽃 가지 사이로 하늘이 드리우고 가지가지에 싱그럽게 맺힌 황홀한 철쭉이여! 내 얼굴에 그늘지는 연분홍 철쭉의 그림자는, 그 향기는, 그 맺힌 하늘은, 꿈은, 아! 나는 어느새 지리산 한 자락의 신선이 오늘도 되어가는구나. 느릅나무 속잎을 흔드는 저 바람은 어디서 생겨 나왔는가? 그리고 또 어디로 가는가? 저 바람에 저토록 흔들리고도 떨어지지 않는 저 연한 생명력은 또 어디서 주어졌는가? 어느 것 하나 무엇 하나 알지도 깨우치지도 못하는 나는 그저 한 떨기 꽃잎이 되어 불어 주는 바람에 흔들리는 나뭇잎이어라. 거저 부는 바람에 저 나뭇잎도 미치고 덩달아 나도 미치고 있었다. 우리말에 '바람이 난다.'고 하지 남녀가 사랑에 빠지면 바람이 난다고 말이다. 그 뜻을 이 바람을 맞아보니 알겠구나. '바람이 나고 있는' 나는 저 아래 청학동 골짜기에서 휘리릭휘리릭 횟바람새가 노랫가락 한 자락을 물어다 수백 년 됨직한 이 철쭉나무 가지에 매달아 놓고는 사라진다. 지리산 철쭉은 분홍이 아니라 연한 아주 망사 옷 같은 연한 분홍빛이다.

하오 4시가 되어서 1288m의 외삼신봉 정상에 올라섰다. 일망무제 광활하게 펼쳐진 지리산 종주능선이 다 바라다보이는 곳이고 저 아래 거림골 청학골 그리고 천왕봉과 우리가 가야 할 영신 봉으로 향하는 남부능선길이 한 줄기 핏줄처럼 길고 아득하게 전 개되고 있었다. 산정에는 여기저기 하얀빛의 빛나는 철쭉들이 그 들의 향연을 펼치고 있었다. 지금이 바로 이곳에는 철쭉이 피는 철인가 보다. 세석으로 가는 길에 본 철쭉꽃길이 바로 여기에 있 었다. 4시 30분에 드디어 청학동에서 삼신봉으로 올라오는 등산 로 중의 하나인 고갯길을 만났다. 이정표를 얼싸 안고 뽀뽀를 하 고 야단이다. 반갑다. 이 길은 적어도 십여 회는 왔을 것이다. 세 석까지 8km 청학동까지는 겨우 2km란다. 가야지, 오늘은 저 세 석까지 가기로 했으니 그리고 그리운 영신봉을 만나기로 했으니 지난 일 년간의 긴 여정의 종착점인 세석의 영신봉을 말이다. 눈 을 감아도 보일 듯한 길이다. 삼신봉과 청학동 그리고 남부능선 길은. 능선을 오르면서 좌측은 청학동이고 우측은 거림 골짜기로 내려가는 길이다. 능선에 낫가리 같은 바위들이 길을 약간씩 돌 려놓았지만 이것마저 평이하게 오르는 것보다 재미있고 돌아가 는 길이라 오르막이 느슨하다.

산들바람이 바위자락에서 솟아나듯이 능선 풀밭을 휘익 지나

간다. 눈길이 바람 따라 가는 곳에 한량없는 금빛 분홍주머니 금낭화가 장대에 초롱을 줄줄이 달고 살랑살랑 흔들린다. 나는 흔들리는 풀길 넘어 풀밭을 헤치고 들어갔다. 작은 바위 사이 사이에 옹기종기 금빛 홍빛 복사빛 찬란한 꽃주머니가 아롱아롱 고운 시악시의 홍조 띤 볼 같기도 하고 열다섯 소녀의 갑사댕기 묶은 뒷머리 같은 꽃. 삼신봉 아래 청학동쪽으로 약간 경사진 바위 너드랑이란 잔돌 바위 밭이 있다. 그 밭자락 바위 사이에 온통 금낭화 군락이 있었다. 아! 지금이 바로 금낭화가 이곳에 피는 때이구나. 이 꽃들이 저리도 일제히 피어나니 일주일 정도면 지고 말 것이다. 그러니 내가 이곳을 여러 번 왔더라도 이 철에는 다만 철쭉꽃을 보러 세석으로 갔지 삼신봉으로 왔지 않았다. 이제 알았다. 삼신봉에 금낭화가 피는 시절을 세석에 철쭉이 피기 바로 보름쯤이나 한 주일 전에 와야만 이 꽃의 향연을 볼 수가 있구나. 이렇게 만발하고 이렇게 많이 핀 군락지는 우리나라 아니 세계에서도 없지 싶다. 천상의 꽃 금낭화가 피는 곳으로 말이다. 이곳의 풀꽃상을 내려야 할 것이다. 이 금낭화 군락지를 보호구역을 보전해야 할지도 모른다.

금낭화

나는 보았네

하늘의 정원을

파아란 하늘

푸른 잎새로

하늘 문을 연

천상의 꽃밭을

눈부신 빛이여

꽃의 영광이여

나의 꿈이여

그대의 염원이여

삼신봉에 내린

오월의 불빛은

옥색 저고리

금빛 댕기 곱게 묶은

소녀의 기다림

말할 수 없고

감탄 할 수 없는 일이어라

지리산 청학동 삼신봉의 오월은

그냥 미치고 환장할 일 뿐이어라.

　우린 외삼신봉에서 50분이나 걸려 삼신봉 제단에 섰다. 술 한 잔, 과일 한 그릇 올려놓고 산신에게 제를 올린 뒤 지리산 종주길이 한눈으로 바라다 보이는 삼신봉에 서서 양팔을 벌려 지리산을 안아 보았다. 내 품에 안긴 지리산 능선길. 산너머 대성골에서 저녁이 온다고 뻐꾸기가 울었다. 그도 이제 지는 하루가 아쉬운가 보다. 삼신할미를 위해서 만든 돌 제단 주위에도 바위틈에 사는 철쭉꽃이 만개를 했다. 궁항리에서 아침 먹고 8시에 출발하여 9시간을 걸었다. 아직 남은 거리가 7km에 지친 몸으로 몇 시간이 걸려 갈지 모르는 일이다. 여기서 아침에 시작했다면 3시간이면 올라갈 길이다. 삼신봉에서 세석까지의 가는 길은 나의 설국 산행기에 내려오면서 다 적었기에 그 여정은 간략히 적고자 한다. 다만 그 봄날 저녁 무렵에 그곳을 지나면서 잊지 못할 기억은 떨어지는 석양의 아름다움과 석양을 등지고 핀 정원수처럼 아니 느티나무처럼 큰 지리산 철쭉들이 줄줄이 서서 그 연한 분홍빛, 발산하는 빛의 아름다움을 어찌 글로 형언한단 말인가. 아침 햇살에 이슬 머금고 핀 철쭉꽃도 아름답거니와 석양 무렵의 햇살을 등지고 선 희멀건 아름다움을 결코 잊을 수가 없을 것이다. 한빛샘에 6시에 지나고 석문을 7시에 지나면서 해가 지고 어둠에 산을 삼키는 거림골을 골짜기를 내려다보며 해가 지고 어둠이 오건 말건 날이 어두워지건 말건 10분가다 쉬고 20분 걷다 쉬고 천상에 핀 봄의 꽃, 철쭉꽃이 세석까지 길을 따라와 주었다. 그러나 진작 철쭉으로 유명한 세석평전에는 아직 철이 일러 꽃은 분홍빛 망울만 고추 전구모양으로 송이송이 달고 아직 피지 않았다. 그러나 그 밤 음양수까지는 내내 꽃과 어둠을 같이 보며 노래 부르고 산새가 따라 오는 길을 걸었다. 세석의 가까워지니 물소리가 잔돌 사이를 흘러 내렸다. 어둠이 숲속이라 물은 보이지 않고 소리만 흘러내리었다.

음양수에서 쌀을 씻어 담고 저 아래 한빛샘에서 길러온 물로는 찻물로 쓸 요량으로 보관을 했다. 세석에서 규수 아우가 많이 기다리겠구나. 산장마당에 들어서니 아우가 밤 추위에 우릴 기다린다며 서성이고 있다가 반기며 달려왔다. 얼마 만인가? 자네와 내가 이런 곳에서 종주를 하면서 만났다는 기쁨보다도 오랜만에 얼굴 보는 기쁨이 실로 더 크게 다가왔다. 근 일 년이 넘었구나, 그러니 거창의 거망 황석 기백산 종주 한다고 작년 고로쇠물 나던 시절에 만났으니 반가워 얼싸안고 한동안 말을 잇지 못했다. 저녁을 지으면서 제수씨에게 꽃 선물다발을 꺼내서 드렸더니 얼마나 좋아하시는지 그럼 이런 금낭화 야생화 꽃다발을 두 다발이나 받아 볼 줄은 그녀도 어찌 알았겠는가. 마치 그날이 제수님 생일이란다. 축하기념 사진과 샴페인 축하를 받으면 우린 그 밤에 영신봉을 보러 야간 산행을 했다. 그리운 영신봉에 오르기 위해서 막상 밤 10시가 넘어 그 영신봉에 올라섰으나 온 산은 어둠으로 덮여 칠흑 같은 밤이었다. 나는 산장으로 되돌아오면서 내일 다시 이곳을 오리다.

낙남정맥 도상거리 220km 우리가 걸은 길은 무려 400km를 걸어왔는데 거리가 중요한 것이 아니라 어떤 상황과 인내와 끈기와 용기로 찾아서 온 길인데 이 정맥 종주를 여기서 마무리할 수는 없었다. 그리고 저 아래 음양수에서 여기 영신봉으로 오르는 길은 능선 길로 온 것이 아니라 산장 길로 돌아온 길이다. 어딘가에 종주길이 있을 것인데 우린 밤이란 그 소로를 발견하지 못하여 놓치고 만 것이다. 알면서 두고 갈 수는 없는 일이다. 허나 그날 우린 꼭 12시간을 걸어서 거리는 알 수가 없으니 주야를 다 하여 여기까지 온 것이다. 하고자 한 일은 다 마친 셈이다.

세석산장은 우리나라에서 가장 크고 넓은 산장이다. 평상시에는 300여 명의 수용 가능하며 철쭉시기에는 5, 600명을 수용할 규모이다. 거림에서 가까워서 자고 가는 인원이 많지 않을 것도 같은데 철쭉꽃이 피는 시절에는 사전예약하지 않으면 자리가 아니 날 수도 있다. 산장은 용도가 대피소라고 지어 놓고는 인당 5,000원씩은 좀 과한 요금이다. 지리산 관리공단이 관리하기 전에는 개인이 운영을 했었는데도 인당 3,000원씩에 자고 갈 수가 있었다. 세석평전의 철쭉들이 봄이면 수많은 철쭉꽃 관광객들로 생채기가 나고 죽고 하니 관리공단에서 보호울타리를 치고 야영을 금지시키면서 이 산장을 지었다. 그런지 수년이 지나고 이제 제법 나무들이 다시 어우러지고 있다. 그날 밤 난 별로 취하지도 않고 잠자리에 들었다. 낮에 긴 산행 길에 피로가 와서 쉽게 잠이 들 줄 알았는데 이런 저런 생각들이 잠을 방해하드니 급기야

는 이런 생각이 들었다. 내일 영신봉을 다시 가야겠다는 생각은
영신봉을 내려오면서 든 것이지만, 영신봉을 찾아가는 길을 다시
시작해야한다는 마음이 들어 어서 날이 밝길 고대하느라고 잠을
쉬이 잘 수가 없었다.

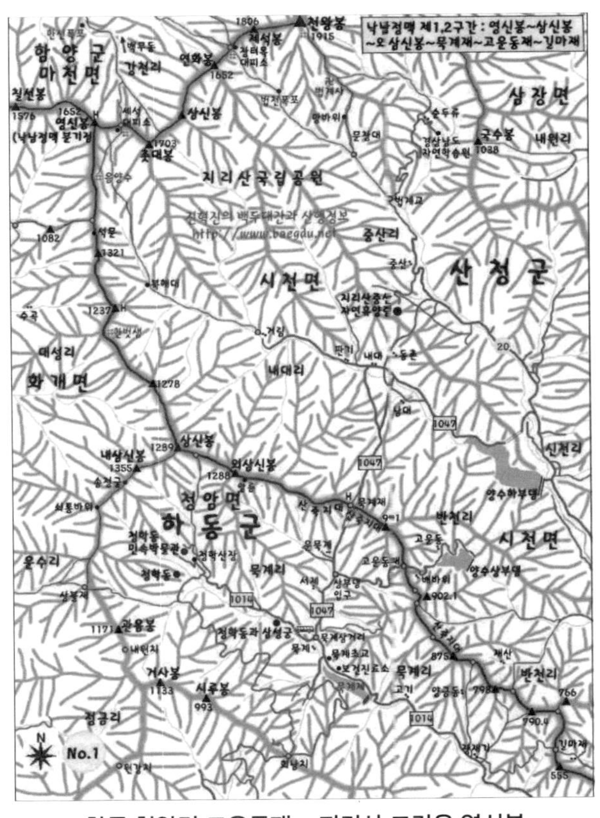

하동 청암면 고운동재 – 지리산 그리운 영신봉

정맥길을 따라 다시 걸어간
그리운 영신봉

다음 날 날이 새자 아침으로 저녁에 지은 밥을 먹고는 일행을 이끌고 어제 올라온 음양수까지 2km를 되돌아 내려갔다. 어제는 2명이었는데 이제 4명이 되었다. 낙남정맥 능선은 음양수 바로 위에서 서쪽으로 능선을 타고 올라가니 희미한 짐승길 같은 능선의 소로가 보였다. 쌍계사로 솟아지는 산줄기는 협곡을 이루어 아름다운 장관을 이루고 있었다. 기암과 절벽에 기대어 사는 구상나무들의 조화는 한 폭의 동양화 같았다. 여기저기 풀밭에는 우리 야생화가 피고 또 산나물들이 수도 없이 살고 있었다. 이쯤만 되어도 사람의 왕래가 적어 생태계는 잘 보존이 되어 있었다. 지리산을 다녀도 이 길은 처음이었다. 자갈돌로 제단을 올러 숨겨진 곳도 있고 전망 좋은 곳에 너럭바위도 마당바위도 나왔다. 한 시간을 걸어서 올라가니 영신봉이 다시 나왔다. 어제 우리 앞서서 낙남정맥을 타고 올라온 경남도민일보 일행 십여 명이 완주기념 사진촬영과 행사를 하고 있었다. 그들은 우리의 무용담을 듣느라고 시간 가는 줄을 모르고 있었다. 그들은 차량의 지원과 전문가의 안내를 받으면서 왔고 우린 둘이서 산줄기를 눈으로 바라보며 동물적 감각과 경험과 그 유명한 ㅈ도법의 찾아온 이야기에 넋을 잃고 있었다. 나는 주머니에서 자줏빛과 청색의 낙남정맥 종주 산아山我라고 적힌 리본을 꺼내 키가 작은 철쭉나무 가지에 매어 놓으면서 영신봉에 올랐다.

참으로 얼마나 긴 시간과 긴 거리를 찾아온 길인가! 낙동강 물금 정수장에서 낙동강을 도강하고 김해 마산 사천을 지나면서 공원묘지라는 것이 얼마나 산을 훼손하고 있는지도 보았고, 지방도로가 지나면서 산길을 끊고 동물들의 통로를 끊었는지도 보았고, 폐기물 처리장과 채석장 그리고 과수원들은 얼마나 산을 파괴하고 있는지도 보았다. 무엇보다도 물은 산은 넘어나 산은 물을 건너지 못해야 하는 산경표 산자분수령의 진리를 깨고, 산을 뚫고

바다로 강을 만들어 놓은 사천 유수강을 건너면서 참으로 참담한
마음은 금할 길이 없었다. 낙동강 강물을 건너온 우리지만 여기
서는 끝내 물을 건너지 못하고 다리를 건넜지만, 물을 건너지 않
기 위해서 왔던 길을 되돌아간 적은 몇 번이나 되며 길을 잃고 헤
맨 적은 그 몇 번이나 되었는가. 인연이 되려고 세 번이나 올라선
고성 무량산은 또 어쩔 것인가! 봄이면 피는 꽃과 산의 나물들 그
리고 이름 모르는 새들과 나무는, 봄 여름 가을 겨울이 가고 한 해
가 지나고 다시 꽃이 피는 봄에 우린 마침내 그리운 영신봉에 올
랐다.

날은 저물어 밤이 오고 길은 잃고 사방을 헤매던 기억과 물을
아끼느라고 한 방울 한 방울 물방울을 떨어뜨리며 마시던 일들,
춘란 꽃과 제비꽃, 각시붓꽃, 얼레지 군락 그리고 금낭화 군락의
아름다운 정경들은 어찌 잊을쏘냐! 그리운 영신봉을 찾아온 길이
지만 그 여정에 담긴 내 이야기의 몇 퍼센트나 여기에 적을 수가
있었는지 이는 오로지 같이 길을 걸어 보지 않고는 정녕 알 수도
다 말할 수도 없는 일이다. 나는 영신봉 마루금 위에 올라 우리가
걸어온 남녘땅 정맥길을 보고 소리쳐 불렀다. 그리운 지리산하

　　　　　　　　　　　　　　　　　　　　　그리운 영신봉

아름다운 산허리를 내려다보며 그 줄기들의 가장 높은 이곳에서 영남의 혼을 소리 내어 불렀다.

　아! 낙남정맥! 산줄기여
　어버이 산맥 낙남정맥이여!

끝

후기

　오래된 사진이 나왔다. 20여 년 전 낙남정맥 종주 당시의 사진 몇 장이다. 가만히 기억을 더듬어 본다. 사진의 기록을 보니 2003년 11월이구나. 낙동강 물금 나루터에서 시작한 낙남정맥은 강에서 산으로 올라가는 길이었다. 1999년에 시작한 종주가 2000년 5월에 끝이 나고 3년이 지난 2003년 11월에 낙남정맥 영신봉에서 낙동강으로 산에서 강으로 되돌아 내려오기 시작하였다. 첫날 영신봉에서 3년 전에 달았던 종주 기념 리본을 확인하고 하동 청학동 원묵계 청운서당에서 첫 밤을 보낸 사진이다. 산행을 시작한 일차 종주의 사진은 단 한 장도 남아있지 않았다. 이 사진 몇 장을 발견하여 여기 종주기 말미에 붙이기로 하고 후기를 남긴다.

　사람 사는 일이 다 그렇다. 그때는 중요하다고 여긴 일들이 지나고 보면 아무것도 아닐 수 있고, 그 당시에는 별것 아니라고 해 버린 것들이 새삼 소중하게 여겨지는 것도 있다. 이 사진 몇 장이 나에게는 이처럼 따뜻하고 감격으로 다가왔다. 그래서 붙인다.

그리운 영신봉

그때 참 좋았다. 사진속의 인물과 풍경들이. 아침에 쓴 졸시 한 편
도 같이 붙인다.

들깨 대를 태우다

빈 들판

불기둥이 솟는다

청춘은 연기로 떠나고

재만 남았다

없음에서 나온 것들

2025. 11. 14.

산청 선유동천 달아랑 우거에서

산아 이학근 씀

영신봉우리에서 필자

영신봉우리에서 아우 장화

영신봉 3년 전에 단 종주기념 리본

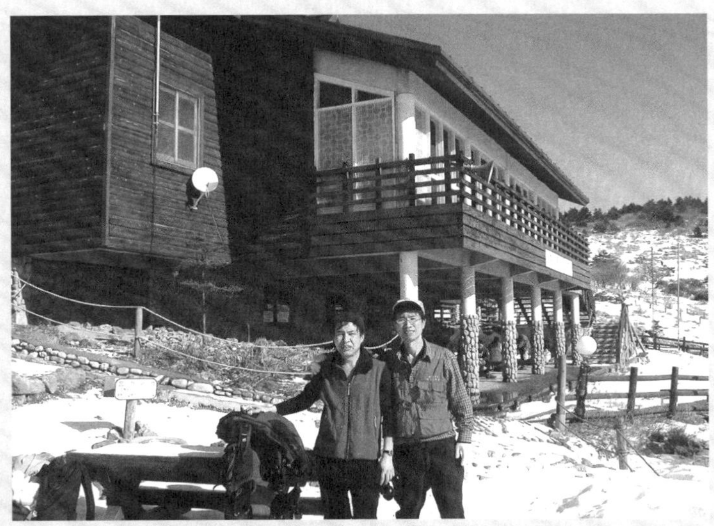

세석산장에서 종주 출발기념

그리운 영신봉

남부능선 눈밭에서

고운동재 가랑잎밭에서

길마재 지나 궁항을 바라보며

원묵계 청운서당 온돌방에서

그리운 영신봉

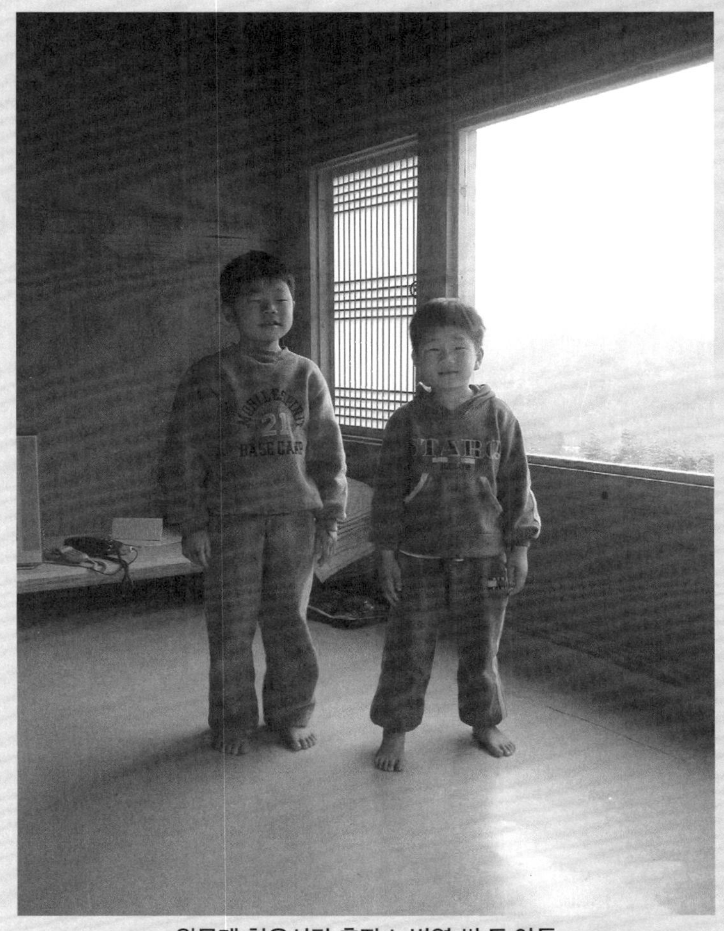

원묵계 청운서당 훈장 노병엽 씨 두 아들

돌고지재 산불 자리 아래

50대 산행모습

복사꽃에 앉아

봄맞이 꽃을 지고

산행에서

산불 초소에서

산불감시원을 만나

북천면 대보름 잔치

금천마을 달집태우기

점심식사준비

그리운 영신봉